O DESENHO EXTRAVIADO DE HIERONYMUS BOSCH

O DESENHO EXTRAVIADO DE HIERONYMUS BOSCH

Godofredo de Oliveira Neto

MINOTAURO

O DESENHO EXTRAVIADO DE HIERONYMUS BOSCH
© Almedina, 2023
AUTOR: Godofredo de Oliveira Neto

DIRETOR DA ALMEDINA BRASIL: Rodrigo Mentz
EDITOR: Marco Pace
EDITOR DE DESENVOLVIMENTO: Rafael Fulanetti
ASSISTENTES EDITORIAIS: Larissa Nogueira e Letícia Gabriella Batista
ESTAGIÁRIA DE PRODUÇÃO: Laura Roberti
REVISÃO: Daboit Textos e Palestras Ltda.
CONCEPÇÃO GRÁFICA E CAPA: Eduardo Faria/Officio
ISBN: 9786556278247
Maio, 2023

Dados Internacionais de Catalogação na Publicação (CIP)
(Câmara Brasileira do Livro, SP, Brasil)

Oliveira Neto, Godofredo de
O desenho extraviado de Hieronymus Bosch /
Godofredo de Oliveira Neto. -- 1. ed. --
São Paulo : Almedina, 2023.
ISBN 9978-65-5627-824-7

1. Romance brasileiro I. Título.

23-146323   CDD-B869.3

Índices para catálogo sistemático:

1. Romances : Literatura brasileira B869.3

Aline Graziele Benitez - Bibliotecária - CRB-1/3129

Este livro segue as regras do novo Acordo Ortográfico da Língua Portuguesa (1990).

Todos os direitos reservados. Nenhuma parte deste livro, protegido por copyright, pode ser reproduzida, armazenada ou transmitida de alguma forma ou por algum meio, seja eletrônico ou mecânico, inclusive fotocópia, gravação ou qualquer sistema de armazenagem de informações, sem a permissão expressa e por escrito da editora.

EDITORA: Almedina Brasil
Rua José Maria Lisboa, 860, Conj.131 e 132, Jardim Paulista
01423-001 São Paulo | Brasil
www.almedina.com.br

Ouvi o som doce de sapatilhas na madeira do palco, sedas de violinos, acordes de músculos, um azul turquesa me envolvia os olhos, voei por sobre montanhas e vales, batia asas, o mundo era meu, Tchaikovsky me acompanhava, Stravinsky me cumprimentava, Ravel fazia mesuras de cortesia em minha direção. Todos diziam baixinho voa, Nikki, voa, isso, assim, foge do trovão, ouve só a primavera, deixa rebentar as flores, aprecia os ninhos, o amor, o céu, deixa silvar a cotovia e o rouxinol, voa sobre o Danúbio, sobre as águas de Veneza, isso, ouve os violinos.

NIKKI K.M.L.

1

Encontro o parente na entrada da Saint Patrick's Cathedral, em Nova York. Foi ideia dele. Às 14 horas ele deve chegar. Porque exatamente neste lugar não sei. Parece filme policial. É que ali não tem erro, num café poderia gerar confusão, são parecidos, a catedral todo mundo conhece, explicações dele no WhatsApp, eu ainda no Rio de Janeiro. Examino as torres, li terem cem metros de altura, comparo as portas e a rosácea com as de Veneza, que visito em breve pela mesma razão da vinda a Nova York: herança. A Saint Patrick's Cathedral se embaralha, a minha visão se turva, pode ser pelo fato de ter levantado a cabeça para olhar detidamente as torres, não sei, traços de quadros de Hieronymus Bosch debruam as quinas da igreja, morcegos entram e saem indecisos e histéricos pela porta central, o céu escurece, a cidade escurece, os prédios em volta escurecem, a catedral se incendeia, rubra entre o breu, entre trevas, entre o nada, o inferno. Me puxam para dentro, alguém me toca as costas, não, não quero ir, diabo, não me empurra, acho que desmaiei, de baixo para cima vejo rostos próximos ao meu, vários, órbitas de várias cores, bocas, narizes, sempre me perguntei como um nariz, uma boca e dois olhos podem construir rostos tão diferentes, me disseram que a combinação de palavras também, agora era o caso, quantas caras distintas umas das outras me olham?

Um braço mais amigo me levanta, fala em português, está melhor? Estou, obrigado, a língua me acalma, até então naquela posição subjugada só ouvia *oh my God*. Claro, era o parente. Reconhecível pela barba aparada, os olhos esverdeados, o cabelo liso alourado da minha avó, cara de meio perdido, me lembrou alguém do Brasil, claro, a nossa família toda vem do Vêneto, não lembra? Sim, sim, lembro, Belluno, Veneza, Trento, Bérgamo, por ali. Claro, Sordi. Digo o nome dele pela primeira vez, como o ator de cinema italiano dos anos sessenta, ele diz o meu, sim primo Luigi.

A semelhança com certas pessoas do meu país não me cai bem, sinto azia, por que desmaiei? Ele abre o celular, minha cara no visor, reconheci você na hora, me diz, abro o meu aparelho, custo a me concentrar nas teclas, Sordi aparece afinal, sorridente, parece franco na foto, ele é honesto? Examino-o como examinei as torres da catedral, ele olha para o chão, tímido até agora, propõe logo um café nas cercanias. Antes o clássico aperto de mão, o jogo começa, segura meu braço, tapinha nas costas. Ator italiano dos anos 60 caricaturado. Quer ir ao Hospital? Não, não, estou ok, de vez em quando tenho isso, já estou acostumado.

2

Atravesso a rua no sinal fechado, uma mulher de cabelo curto, loiro, ao volante de um carro de marca japonesa me acena, retribuo o gesto algo hesitante, ela põe o indicador na orelha e gira, louco eu? Me dou conta que ela limpava o para-brisa embaçado, o lenço servia para isso, termino a travessia constrangido, entro num café perto do terminal de ônibus, na calçada a placa Veneza-Noale, o último cheiro de gasolina e escapamento, logo só gôndolas, lanchas e o vaporeto de transporte público. Daqui a pouco o hotel na rua Mandola, perto do Campo Sant'Angelo.

No Café o conhaque desce tal uma barata se arrastando devagar no esgoto, é assim que me vejo, no esgoto, caído na sarjeta. Escrevo algumas linhas no guardanapo de papel, será meu epitáfio ou serão minhas memórias? Confissões de um derrotado moralmente, profissionalmente, eticamente, o esboço do Bosch como a minha vida, um *loser*, um projeto rudimentar de vida que não se concretizou, um esboço de existência, uma esquisse de quadro. Grandioso em alguns sonhos. Só em sonhos. O que estou fazendo aqui, meu Deus? Por que alimentar a esquizofrenia da família?

A quem estou enganando? O encontro será em Veneza, não rolou com o Sordi em Nova York, agora tem que continuar, Luigi, me disseram na reunião de família na volta. Um dos tios ainda diz a frase chavão e de mau gosto "se só tem tu, vai tu mesmo". O parente desconhecido, desta vez, que cara terá? As fotos nas redes sociais são dele mesmo? As feições regulares, o bigode fino, cabelo ruivo, enferrujado se dizia na minha escola, tinha vários no colégio, ele vai me passar a esquisse do Bosch assim? A gente permuta um apartamento de duzentos e cinquenta metros quadrados na Avenida Beira-Mar Norte em Florianópolis, três quilômetros de terra na beira da BR-470 entre Navegantes e Blumenau, um quarto e sala quase esquina da praia do Leblon no Rio de Janeiro e um apart hotel de trinta metros quadrados em Fort Lauderdale, nos Estados Unidos. Todas propriedades de meu avô deixadas para a família, pela esquisse.

Olho as escrituras, tudo em dia, já passadas para o seu nome, um nome longuíssimo, Alessandro De Angelis Palumbo Marchetti de Santis Marini Coutinho, só falta minha assinatura, o inventariante. Em troca ele passa o Bosch com uma declaração de que a obra lhe foi ofertada de boa-fé por um contraparente, obra que estava com a família dele desde 1901. Alessandro se compromete a assinar, no cartório de Veneza, a devolução aos verdadeiros proprietários, a família Coutinho Sorrentino Caruso, nomeadamente os herdeiros Matilde, Alberto, Gianfranco e Júlio. Meu tio Domênico, como não teve filhos, não consta do espólio. Sei o script de cor e salteado, repito ele há semanas. Os advogados das duas partes já resolveram o contencioso jurídico.

Do Campo Sant' Angelo pego uma ruela e vou até o Campo San Fantin, do Teatro La Fenice. Em cartaz *Fausto*, dirigido por Frédéric Chaslin. Amanhã será o encontro com Alessandro no Ristorante al Theatro, ali pertinho. Mensagem para Ana Júlia, conversa afetiva dessa vez, querida, amável, produtiva, se diz mergulhada nos versos de Paul Éluard, Breton e Augusto dos Anjos. Estou torcendo aqui por você aí em Veneza, meu amor. Pergunto a ela porque ela não veio comigo.

Como eu poderia, Luigi? E o trabalho? E, além disso, não quero me meter nessa história de herança da família de vocês, não tenho nada com isso e essas coisas sempre dão rolo, é briga na certa, e como foi lavrado um título de propriedade de algo que ainda não existe eu não entendi. O teu irmão podia ter te acompanhado, isso sim.

É verdade, mas ele nunca quer nada, Ana Júlia, está sempre deprimido.

Pois é, Luigi, a família de vocês é desse jeito.

Não gostei da observação negativa sobre a minha família, não disse a ela, mas não gostei, desliguei. Ligo para a Fabiana, colega da Universidade Federal de Santa Catarina, ela organizou uma conferência para mim na universidade Ca'Foscari, falo sobre pintura brasileira do século XIX, vou dar força ao quadro *A Primeira Missa no Brasil*, de Victor Meirelles. Sordi insistiu, em Nova York, que eu deveria sempre realçar Victor Meirelles, Cruz e Sousa, Anita Garibaldi, o monge João Maria e o naturalista Fritz Muller como grandes expoentes catarinenses da história do Brasil. E agora, com a posse do Bosch, vocês serão a sexta referência brasileira, reiterou. Não desgostei dessa proposta, à noite senti a culpa cristã de sempre pela vaidade e narcisismo. A sexta personalidade cultural só por sermos proprietários de um quadro do Bosch, que nem terminado está, é apenas uma esquisse? Que vergonha pensar isso, o que os meus camaradas de esquerda pensariam? Tomo Aperol em cima de Aperol no bar Brasília, não poderia não ir com esse nome, perto do hotel, já tinham me recomendado, Sestieri San Marco 3658, antes passei na livraria na mesma ruazinha, mais um depósito de livros do que uma livraria, consegui uma edição antiga, de 1901, em super bom estado, da *Divina Comédia*, Dante me persegue desde o Ensino Médio. Leio o canto XXV do Paraíso:

Vinca la crudeltà che fuor mi serra
Del bello ovile ov'io dormi' agnello,
Nimico ai lupi che ci danno guerra.

As esferas, a oitava, as visões de Cristo e da Virgem Maria me sossegam, a Igreja triunfa, com Dante os remédios para as minhas aflições funcionam mil vezes mais.

Posto mensagem carinhosa para Ana Júlia. Como agirá Alessandro? Será como o Sordi? No bar do Aperol uma mesa de brasileiros discute a política do Brasil, aplaudem o esforço para pôr no seu devido lugar o exagero do espaço do saber universitário, a arte esquerdista hipervalorizada, a ciência dimensionada equivocadamente. Devia-se realçar, isso sim, a sabedoria popular haurida não nos livros, mas na experiência própria. Menos livros e mais saber, esse é o meu lema, gritou uma senhora de Ribeirão Preto, secundada por Deus acima de tudo, completou o marido gordo de bochechas arroxeadas, quase do tom das duas garrafas de vinho engolidas. Um dos jovens da mesa ouve MC Kevin e Emicida no celular.

No calçadão à beira mar entre a praça San Marco e Giardini – conto vir com Ana Júlia na próxima Bienal de Veneza – andorinhas do mar passavam umas para as outras, em pleno voo, pedaços de peixe numa experiência de comunidade surpreendente. Os brasileiros comiam caviar, as andorinhas do mar me fizeram lembrar deles. Arlequins voam nas minhas retinas. Não vou desmaiar. Ainda tenho que telefonar para os herdeiros, inclusive a minha mãe. Talvez também ao Aldo, mas o meu irmão vive em outro planeta.

3

Café pertinho da Saint Patrick´s Cathedral. Uma vidraça espelhada separa a gente da calçada. Gozado, Luigi, você saiu bem escuro, nas fotos você parecia mais branco, a cara do teu pai, aqui em Nova York você é negro, no Brasil não, né?

Não respondo, responder o quê? Abro logo a conversa, pois ele sabe o que estou fazendo ali. Vim para reaver a esquisse do Bosch que está com a nossa família há mais de cinco séculos. Exagero de propósito nos séculos.

Dois cafés, sim, café italiano. O garçom anota no iPad. Sordi sorri a cada mulher que ajeita o cabelo, se olha e arruma discretamente a saia, roda ligeiramente em volta da cintura, o reflexo como um espelho na Quinta Avenida. A cara do Sordi me informa que a última, uma ruiva sessentona, batom vibrante, sorri para ele. Digo que não é para nós que elas estão olhando, mas para elas mesmas diante do vidro. Tudo agora é fake, perfis falsos, tudo invenção, então para mim elas estão me paquerando e pronto, qual é o problema, me explica ele no seu português arrastado aprendido nos dez anos passados no Brasil, em Itajaí, Santa Catarina. Logo passa uma jovem, nitidamente menor de idade, dos seus dezesseis anos, morena, com certeza mexicana, conserta a maquiagem diante do vidro bem na nossa frente.

Sordi arredonda os lábios e envia um beijo estalado. A mesa ao lado viu a cena. Pelo jeito não gostaram. Também um rapaz arrumou o rabo-de-cavalo diante do meu parente italiano, vira-se para um lado, para o outro, tira uma sujeirinha entre os dentes, Sordi não mandou beijo, mas não ignorou. Também gosto deste tipo, diz, junto com uma gargalhada que acabou por irritar ainda mais a mesa ao lado.

Na hora de pagar explicou que só tinha uma nota de cinquenta dólares, pagasse eu. E não esquecesse de deixar pelo menos dois dólares para o garçom. Para uma outra jovem que deu uma paradinha na vidraça espelhada, Sordi mostrou a nota de cinquenta, ela pareceu ver, e, para minha surpresa, deu um beijo perto do vidro. Vê como elas enxergam, meu chapa. Quando interessa elas veem, quando não, não. Argumentei que dessa vez é porque as luzes do café estavam acesas e de fora se via, claro. Sordi respondeu com um *fuck*! Esse ia ser o meu interlocutor na divisão dos bens, mais precisamente do esboço de um quadro do Bosch.

Tarefa difícil e fácil para ele, *fake* e verdade, tudo misturado. Ia me tratar como se eu e nossa questão de herança fossem verdadeiros ou ia me enrolar como nos enrolam há décadas?

4

Me dou conta que ficamos três horas no café. Tento lembrar anedotas, histórias de família, do sangue italiano que corre nas nossas veias. Em você menos, precisou, mas dá no mesmo, ainda finalizou, cinquenta por cento é a metade, sorriu ao dizer. Lembrou assassinatos de parentes, da loucura em outros.

O mundo da Máfia em Chicago seduziu aquele nosso primo lá do Vale do Itajaí, sabe, o Humberto? Recordo-lhe que só conheço o Humberto de nome. Ele é quarenta anos mais velho do que eu, você também.

Ah, *cazzo*, é verdade, ele responde.

A conversa não acabava. Assim que pago o café, Sordi combina outro encontro num minúsculo café do outro lado da rua, Café Severino, de um brasileiro. A gente se despede. Até amanhã, amanhã a gente fala do Bosch, hoje foi para nos conhecermos mais, murmurou, humilde agora na frase. E deixando esperança no ar. O *good bye* sai alto da sua boca, baixinho da minha. Os da mesa ao lado fazem uma reflexão negativa, não entendi, o Sordi entendeu, mostrou o *finger*, outro *fuck you*. Meu mundo de coroinha na igreja católica de Itajaí se desmorona.

Nomeado inventariante de toda a família, professor de história da arte na Universidade Federal de Santa Catarina, formação dupla de advogado na Estácio em Criciúma, o Luigi é o cara para tocar o inventário. Frase peremptória do tio Domênico naquela vez. Não tive escolha. Riqueza à vista para todos com a esquisse do Bosch na mão. O cartório de Veneza tinha dado o veredito final quanto à propriedade do quadro: um comerciante holandês vendera ou dera a um membro da nossa família há tempos, tem um documento comprobatório. O cartório de Florianópolis traduziu e chancelou a propriedade à vista dos documentos italianos devidamente traduzidos. Só faltava a materialidade: o quadro.

Luigi é fera para essas coisas, esquerdista, maneja bem as mentiras dos partidos comunistas, observara tio Domênico, solteirão, nunca quis filhos, rabugento, oriundo da Lombardia, se orgulha disso, com fazenda de tabaco e gado entre Indaial e Timbó, no médio Vale do Itajaí e dono de apartamentos pelo Brasil afora e nos Estados Unidos. Mas no caso é o melhor, ordenou. E se enriquecer com a gente vai deixar a luta socialista, quer apostar? Todos riram.

Na hora pensei em desistir, mas o tio Domênico tinha outras qualidades. Demonstrações de afeto eram para ele coisas de maricas, palavra usada por ele. O afeto vinha na alma da agressão. A gente tinha que entender, minha mãe sempre dizia. E para ele eu tenho cara de Jesus Cristo com esse cabelo comprido roçando os ombros, afirmação dele. Às vezes acho que é deboche, às vezes elogio.

Envio mensagem pelo celular. Ana Júlia responde na hora.

Florianópolis está com um tempo maravilhoso.

Aqui está friozinho, tipo vento encanado na Quinta Avenida, nem parece que ainda é só outono.

Ana Júlia, aliás, responde sempre na hora.

Está tudo bem, meu americano?

Tudo ótimo, previne a família que já encontrei o Sordi.

Ah, que máximo, vou dizer, e foi legal?

Sim, o cara é meio esquisito, mais velho do que eu pensava, mas maneiro.

OK, querido. Amanhã vou fazer uma visita aos meus pais, tem uma festa da família em Nova Veneza, vem gente de Floripa, de Criciúma e de Laguna. O pastor e o pároco da igreja católica vão fazer uma cerimônia ecumênica muito bacana. Beijos.

Imagino Ana Júlia pronta para dormir, amarrando os cabelos, tirando a maquiagem em volta dos olhos esverdeados, mãe de família originária do Tirol italiano e pai do Tirol austríaco, dos imigrantes chegados à região em 1880, ela se orgulha desse passado, sempre compreensiva comigo, carinhosa, com mil explicações sobre o que seja amor, ódio, afeto, amizade, simpatia, atração física, são pequenas diferenças, diz sempre, e o traço separando essas noções muda toda hora. Amor é tudo isso misturado, e o amor louco acaba em dois anos, quantas vezes ela não me preveniu desse jeito com largo sorriso? Sorriso de indulgência, de condescendência? A terapia com conhecida psicanalista de Florianópolis deve ter ajudado ela nas definições, não sei o que ela viu em mim, o *loser*, como me qualificam os membros da minha família.

A noite no hotelzinho acanhado foi tumultuada. Barulho na rua, barulho do quarto vizinho, barulho de criança de colo no quarto da frente, de descarga de vaso sanitário perto da escada, de conversas em línguas estrangeiras, aos brados, passando no corredor. Quarto só com uma pia. Toalete no corredor. Também, cinquenta e três dólares a diária quase não tem aqui, só lá onde vocês está, na parte mais pobre do Brooklin, Brownsville, por lá, Sordi dixit. Sonhos e pesadelos. Foi assim a minha noite.

Amanhã vai ser o encontro no café Severino, 11 horas.

5

A porta quase arrebenta, não eram batidas, mas murros, acordei com a impressão de levar pauladas na cabeça. Já vai, já vai, balbuciei, um momento. Abri e dois homens de capuz me empurram, caí, o louro de olhos claros me mantinha imobilizado com o pé no peito, o outro, tipo indiano, chutava as minhas costelas, senti um pano enfiado goela abaixo, tossi, não conseguia respirar, o pano na boca impedia qualquer ar, apontei com o dedo, grunhi. Os dois me levantaram, eu como morto, me jogaram na cama, puxaram um pouco o bolo de tecido, reconheci o guardanapo do café envidraçado de antes, só então reparei a figura atrás dos dois monstros.

Sordi tinha nas mãos uma enorme pasta, daquelas usadas pelos alunos de Belas-Artes para guardar os desenhos e esboços. Abriu a pasta me olhando, com cara de torturador. Um pôster do quadro *A nau dos loucos*, do Bosch, a centímetros dos meus olhos, é esse que você quer, seu escroto, seu filho da puta. Sordi parecia outra pessoa, violento, sórdido, como seu nome lembrava, falava grosso, palavrões constrangedores, vulgares. Se eu fosse escrever um romance disso tudo, tiraria esses palavrões. Tá vendo a monja franciscana, porra? Simão, Pedro e

Jeová, o clero pecador, seu brasileiro veadinho, gosta de quadro que têm o bem e o mal na luta, caralho, é isso que tu qué? Sordi imitava um palavreado que não era o que eu tinha ouvido há poucas horas no café, ele não conhecia esse registro linguístico do Brasil. Tá vendo os dois caras com água na cintura, esse carregando essa tigela aqui, ó, tá vendo, ó? Esse com certeza ia morrer logo depois, como tu vai se continuar insistindo nesse treco de herança.

Comecei a tremer, a suar, Sordi continuava. Sabe o que eu faço com essas merdas? Isso aqui, ó, rasgo pedacinho por pedacinho e enfio na porra da tua boca. Senti o algodão do guardanapo ser substituído por pedaços de papel, Sordi caprichava no recorte da monja franciscana, acabou enfiando o quadro inteiro em pedacinhos na minha boca, senti que ia morrer sufocado, o braço dormente, o travesseiro apertando o nariz, as costelas doíam, a cabeça latejava.

Uma buzina estridente na rua trouxe luz.

6

Café Severino. 11 horas em ponto. Não é bem um café, mais um corredor, murmuro. O quê? Pergunta o rapaz atrás do pequeno balcão. Nada, respondo. Comida baiana escrito em português. Você é baiano? Não, na verdade sou de Alegrete, no Rio Grande do Sul, de família de origem ítalo-alemã, mas aqui só desperta algum interesse o Brasil negro ou indígena, de origem europeia não tem o menor valor pra eles, daí vão para a Alemanha ou para a Itália e pronto. Mas meu mundo está escrito ali naqueles versos na parede, continuou o gaúcho sorridente.

De boleadeira na mão
De barbicacho apertado
Vou de poncho pelo estradão
Vou no meu bagual montado
Na guaiaca a faca fina
No coldre a minha garrucha
Enfrento boi, bandido e bruxa
Mas tremo por uma china.

O rapaz, estimulado pela leitura, pela sua própria voz de poeta e pelo cheiro dos pampas gaúchos, retira uma cuia da prateleira. Peço um café. Nesses dez anos de Estados Unidos não deixei um dia sequer de tomar chimarrão, ele afirmou. Acho que já ouvi esses versinhos folclóricos, lhe digo. É, é conhecido no Sul.

Entram duas chinesas, não china do versinho, pedem coca e cheeseburger, a fumaça e a gordura invadem o corredor. Olho o relógio, 12 horas, nada do Sordi. As chinesas são substituídas por dois brasileiros. Vê duas coxinhas e um acarajé, compadre, eles pediram. Uma cerveja e dois copos, tem brasileira? Insistiram. Tenho, claro. Então manda aquela de Petrópolis.

Termino o café, também peço cerveja, a Eisenbahn, aquela de Blumenau, tem? Tenho, foi vendida para um grupo poderoso, é distribuída geral no Brasil e consigo comprar aqui para o nosso bar. Penso comigo que se fosse num romance ninguém ia me acreditar em Nova York tomando uma cerveja nascida no Vale do Itajaí. Da caixa de som portátil com Bluetooth tronando sobre o balcão saem conhecidos sucessos da escola de samba Portela, do Rio.

13 horas. Sinto fome. Vê um acarajé também, *please*. Saiu *please*. Ele me responde em inglês. 13:30h nada. Leio Fernando Pessoa. 14 horas mensagem do Sordi.

Luigi, meu primo, deu problema aqui em casa e o celular deu bug, só agora consegui me organizar. Sordi marca para a noite seguinte, endereço, tipo *night club* mas decente, conforme detalha, numa rua não muito longe do meu hotel.

Faço esse esforço de sair de New Jersey por você, querido primo.

Me surpreendem essas histórias do Sordi, mas pode ser verdade. Pergunto para a Ana Júlia o que ela acha, ela que sempre responde agora não lê a mensagem, penso telefonar, mas não há muita coisa para dizer, melhor esperar.

7

Ana Julia me escreve duas horas depois, diz que vai me passar um fato meio desagradável, um longo diálogo enviado por engano pelo tio Domênico. O e-mail é ruim, muito ruim, Luigi, inacreditável, muito feio da parte dele, te envio em breve. Não imagino o que pode ser, doença, morte na família, falcatruas. Me diz sobre o que é, Ana Júlia, que porra é essa? Espera um pouco, Luigi, estou falando com o teu irmão no fixo. Estou te enviando agora, lê aí.

Se a gente conseguir mesmo o esboço do Bosch a gente manda todo mundo sifu e vende o quadro em São Paulo, Timóteo. O Luigi é fraquinho, o irmão um bosta derrotado, nunca deu certo na vida, abre um negócio, fecha um mês depois, abre outro, pega fogo, acho que ele mesmo bota para não trabalhar e não precisar pagar o dinheiro que emprestei para ele, cinquenta mil assim na bucha, qual é?

Ele nunca pagou, Domênico?

Não, nunca pagou. Só que a gente tem que se precaver, Timóteo, se precaver. Ele é bem capaz de ir falar com o tio dele, o meu irmão Júlio, dos direitos humanos na ONU, principalmente porque ele está lá em Nova

York. Júlio tem um carguinho pequeno lá no almoxarifado. E ainda escrever para os outros dois tios, o que é professor de biologia num colégio para refugiados africanos na Califórnia, o Alberto, e o Gianfranco, que trabalha como secretário de diretor - o equivalente de datilógrafo na minha época - na OMS em Genebra. Os quatro juntos, contando a minha irmã, têm força porque se unem. O projeto de vida deles ficou sempre pela metade. Como esboços de vida, de carreira, um sonhava ser professor numa universidade americana, os outros dois diplomatas. Eu estudei pouco, vim de baixo, lutei, sofri, suei, mas venci. Sou o único de nós cinco que tem um pouco de recursos financeiros.

Você continua com os apartamentos alugados em Florianópolis?

Continuo, além da fazenda tenho dezoito apartamentos em Floripa, oito em Balneário Camboriú e cinco em São Paulo, em Miami tenho dois, mas aqueles para o meu uso. Tudo fruto do meu trabalho, de investimentos, de compra e venda, de incorporações imobiliárias. Meus irmãos nunca gostaram de mim porque eu sou do campo, da linha de frente, da luta diária, que sou religioso, que eu tenho preconceito o escambau, e tenho mesmo, e daí? Quero um Brasil e uma Europa sem macaco e comunista. E sem veado. Minha Igreja é a guiada por Jesus, e nessa não tem essa pouca vergonha, a minha igreja valoriza o trabalho e a ordem, Deus está no comando. Não vou deixar os meus quatro irmãos botarem a mão no quadro de Bosch, vão jogar tudo fora, não sabem negociar, têm vergonha de ganhar dinheiro.

Mas o Sordi não é o primo querido do Alberto do colégio americano?

Até certo ponto. É primo de brincadeirinha, a gente conheceu ele na infância. O Sordi descambou para o outro lado, mas agora é figura essencial para nós.

Quanto vale o quadro do Bosch, Domênico?

Não é bem um quadro, um esboço apenas de um quadro famoso.

Sim, ok, mas quanto vale?

Dez milhões de euros!! Sacou a jogada? Timóteo. Sordi ficará com uma parte, mas o quadro não está com ele. Vou dar uma parte para a Igreja e com a outra, pequena, vou comprar uma fazenda em Mato Grosso. E estou querendo dar um jeito de comprar o *Macho e Fêmea*, da Beatriz Milhazes e algo do Guinle e uma obra com os azulejos da Varejão, investir na contemporaneidade também. Mas fazer tudo na legalidade. Não quero problemas, só não pode deixar o quadro cair na mão desses meus irmãos.

Mas, Domênico, como a justiça atestou a propriedade um quadro que não está materializado?

Isso é que você vai ter que resolver, Timóteo. Te chamei para isso. O juiz se baseou na foto. E a família toda assinou um termo afirmando que não pode mostrar o quadro por medida de segurança. A posse é provisória.

Ok.

A Matilde, minha irmã, acha o Luigi um deus, inteligente, estudioso, filho que qualquer mãe queria ter, ele foi para a universidade porque não sabe fazer nada, não achou trabalho. São todos assim, parece um esboço de vida, uma esquisse de quadro. Se você conseguir me ajudar nessa luta jurídica, te dou dois apartamentos, você escolhe qual e escolhe a cidade.

Ok, Domênico, ok. Topo. Mas e o que fazer com o Luigi?

É deixar rolar, ele vai se emaranhar nas próprias pernas, Timóteo, pode ter certeza.

OK, Domênico, tenho uns conhecidos na comunidade nova-iorquina, morei lá um tempo, tenho advogados amigo, uma rede parceira, vou dar um jeito no Luigi.

Eu sei disso, por isso te chamei. Apaga o e-mail depois, tá?

Glaro, Domênico, claro.

8

O e-mail acaba de forma estranha. Dar um jeito no Luigi. Estou sonhando? O que significa isso? Me eliminar? Me matar? Não posso acreditar nisso, tio Domenico é reaça, conservador, preconceituoso, mas é cristão, evangélico, nunca faria isso. De uma certa maneira os irmãos, incluindo minha mãe, têm inveja dele porque ele é rico. Escrevo para Ana Júlia, isso é loucura, Ana Júlia, pode ser um e-mail *fake*, trabalho de algum hacker, vou escrever diretamente para o tio Domênico. Você é maluco, Luigi? É exatamente o que não deve fazer.

Saio do WhatsApp, abro o notebook, uma *live* de um colega da USP sobre pintura medieval me serve como calmante. Mas a cabeça lateja. Ana Júlia, para me acalmar, envia versos de Carlos Assumpção, que alterna com versos do Drummond:

Que negros somos nós que não mais empunhamos a espada afiada de Ogum.
Tenho apenas duas mãos
e o sentimento do mundo.

Diz ainda que amanhã envia pelo notebook o curta *Baile*, da Cíntia Bittar. Ela me pede para entrar no *zoom meeting*, quatro dos nossos amigos estão conectados, discussão sobre filmes de Karin Ainouz, Fernando Meirelles, Walter Moreira Salles, Cacá Diegues, Zelito, Nelson Pereira dos Santos, Silvio Tendler e Ana Muylaert, cada um comenta um filme. Ana Júlia ficou com *A vida invisível*, do Karin, participo um pouco, me ausento da sala alegando dor de cabeça.

 Me permito chorar, soluço, me engasgo, do nariz escorre água, mistura-se às lágrimas, urro, grito, me desespero, o que está acontecendo? Estou num pesadelo? Caronte atravessou a minha vida? Estou na margem do suplício? O Canto III de Dante me tortura, blasfemei alguma vez?

9

Saio do café Severino. Ando até o Central Park. Fala-se de um vírus que, da China, se alastra pela Europa. Os Estados Unidos estão protegidos, diz o Presidente. Ana Júlia escreve que também no Brasil está rolando esse papo, o outro presidente também diz que não é nada mais do que uma gripe com acontece todos os anos. Sento num banco. Uma latina se aproxima. Vejo pelas roupas e pelo brinco de argolas enormes, mas pode ser árabe, espanhola, indiana?

Hola, guapo. Ela senta ao meu lado no banco. Não demorou nem cinco minutos e a gente já se troca beijos como se apaixonados estivéssemos. Achei estranho a rapidez. Não me desagrada a fêmea tomando a dianteira sobre o macho sem defesa. Pode ser uma das facetas do feminismo, afinal ela fez o que os homens costumam fazer. Por que não as mulheres? A Simone de Beauvoir gostaria dela. Um amigo americano no Rio me disse que tem aos montes esse tipo de latina nos Estados Unidos. Se aproximam, estão em busca de um *green card*, casamento, ajuda financeira e por aí. Sempre o vi como preconceituoso e racista.

Maristela o nome. Como me sinto frágil, a presença de Maristela me consola.

Me leva para o teu quarto?

Mas assim?

A pergunta a surpreende. Cara de espanto, ela se apruma e confirma.

Sim, assim. Já fui meio casada com brasileiro.

E explica.

Não sou prostituta, tá? Passo um momento difícil, uma imensa solidão, um arrependimento por ter vindo tentar a vida aqui nos *States*.

Agora consolo-a eu.

Também estou passando um momento esquisito, vim do Brasil há pouco, volto daqui a cinco dias.

10

Cabeça encostada no meu ombro no metrô. No quarto do hotel reações esquisitas. Me obriga a apagar a luz mal entramos. Só uma pequena réstea de luz do poste em frente fendia as trevas. Eu também nas minhas trevas, para que tudo isso, meu Deus? Onde fui me meter? O quê? Ela perguntou. Nada, respondi. Ela voltou a esconder cabeça com o lençol, chorava baixinho, não correspondia a nenhum movimento, disse que queria ir embora, perguntei a razão da mudança tão radical de atitude, respondeu que era por causa do seu Pablito. Filho? Perguntei. Não, noivo, sussurrou. Ela vestiu-se às pressas e se mandou. Ligo a televisão, zapeio, deixo a Orquestra Filarmônica de Berlim no som máximo, a quinta sinfonia de Beethoven vibra as janelas. Apago. Ponho Marisa Monte no notebook cantando *Lenda das Sereias*.

Não tem café da manhã no hotel, atravesso a rua, café ralo, chafé, minha mãe dizia. Não tem pó de café aqui nos Estados Unidos o suficiente? Na minha frente um vaqueiro, caricatura do cinema americano, me olha, olho para ele, ele olha para mim, mais um gole de café, ele me olha, olho para ele, ele dá um gole de café. Seguro a faca, o garfo, me levanto, vou furar o peito dele com a faca e os olhos com o garfo, a garçonete me impede, por sorte. Ela traz um pão na chapa oleoso, *thank you*, tentei lhe dar dois beijinhos, ela não entende, olha para um policial na rua, estou enlouquecendo? O vaqueiro ri, sacode a barriga, a cabeça cai para trás, debocha de mim? Lembrei do dedo do Sordi para a mesa no café, mostrei para o gringo, ele, surpreso, se levanta, diz alguma coisa para o gerente, parece indignado, pessoas me cercam, me protegem? Ou vão me linchar? *Nigger*, ouço o vaqueiro sussurrar. Me faço de desentendido, pago a despesa, atravesso a rua, me jogo na cama. Os pássaros da minha infância assobiam pertinho, mensagem por WhatsApp para Florianópolis. Chamada de vídeo no celular. Ana Júlia aparece com o cenho franzido, muito tensa, parece segurar o choro. Ana Júlia, o que houve? Nada, tudo indo. Hoje vou ver de novo o Sordi, digo. Ok, responde ela, estamos, teu irmão e eu, checando o e-mail do teu tio Domênico para o advogado Timóteo, a gente já soube que ele não é flor que se cheire.

À noite tem o encontro no tal *night club*. O xingamento *Nigger* não me sai da cabeça. Entro, tímido, não gosto desse tipo de lugar, associo à prostituição, me garantem que não, também acontece como motéis, é coisa de brasileiro achar que motel nos Estados Unidos é para encontro sexuais, já me disseram e é um clássico do preconceito, cumprimento um rapaz na porta. Que aqui é meio escuro é, falo, e fumacento. A surpresa chega logo. Quem vejo no fundo da sala com cara de triste mas acompanhada por uma travesti? A Maristela. Peço um uísque no balcão, ela se aproxima. Luigi, que prazer te ver aqui, que coincidência. Sei, digo. Como? Ela pergunta. Sim, coincidência. E não me dou por vencido: é o Pablito? Ela vira a cara, volta para a mesa.

O ambiente pesa para mim, onde está o Sordi? Ouvi dizer que não se pode fumar em ambientes fechados em Nova York, mas o *night club* Los Mariachis é pura fumaça. E é de dentro dela que surge o Sordi. Primo querido, você achou o Mariachis fácil? Sim, foi fácil.

Ele me puxa para uma mesa, traz uma pasta tipo 007 da época do meu pai, abre. Um feixe de luz bate diretamente no centro da mesa. Dentro uma foto. Esse é a esquisse do Bosch, ele afirma com convicção. Quase tive uma síncope. Me controlei, os traços impressionavam. É do quadro A *extração da pedra da loucura*, uma das primeiras pinturas do Bosch. Ele parece querer ensinar. Reconheço o funil sobre o suposto cirurgião, conheço o quadro de cor, uma igrejinha borrada ao fundo, tudo rabiscado grosseiramente, o esboço de um homem sentado, o cirurgião com algo enfiado no crânio do paciente, tentando extrair a pedra da loucura, na frente duas pessoas. Lembro da pintura no museu do Prado, no esboço parecem dois homens, mas na pintura definitiva são um padre e uma freira olhando a cena. Sinto uma pedra dentro da minha cabeça. Estou num processo esquizofrênico?

Acordo no chão, já no hall de entrada do *night club*, devo ter estragado a noitada das pessoas, reconheço

Maristela e Sordi sobre mim, olhos esbugalhados. Já estou bem já estou bem, obrigado, insisto. Volto à nossa mesa, explico que tenho essa baixa de pressão arterial súbita com frequência, não digo que a visão da foto da esquisse me provocou forte emoção. Maristela retorna à sua companheira, pergunto ao Sordi se a conhece. Claro, ele responde. Pois estive com ela ontem, respondo. Eu sei, ele afirma, trabalha para mim. O quê? Sim, Luigi, ela é prostituta, topa tudo por dinheiro. Me surpreendo de repente defendendo a Maristela: ela deixou o noivo no México, o Pablito, não é prostituta. Sordi cai na gargalhada. Ela estava lá para te vigiar e proteger, Luigi, ela tem o meu celular, soubemos que tem gente atrás de você, gente mafiosa.

11

Tento, olhando para o teto do quarto do hotel, refazer as informações passadas pelo Sordi.

O Bosch só passou a ter valor com os surrealistas franceses no século XX, a esquisse da pintura dele foi passada para a tua família no século XIX, não faz cinco séculos, como você sempre diz.

Mas como veio parar com você?

Veneza. Ali é o centro da coisa para a tua família. O Domênico é dono, com um sócio italiano, de um pequeno hotel em Veneza, perto da estação de trem. Mas ninguém sabe disso. O esboço do quadro estava nas mãos de outra família, o Domênico tem força, contratou advogados dos mais respeitados de Roma, conseguiu pegar a obra de volta, a custo de muita grana. Conseguiram rastrear os documentos rudimentares da entrega da esquisse a um dos teus bisavós, ou tataravós, já nem sei, um comerciante holandês falido trocou por comida e roupas. Ficou guardado, meio perdido, até umas décadas atrás. Eu fui durante dois anos gerente do hotelzinho. Domênico me pediu que guardasse o quadro. É isso. Trouxe ele para Nova York e depositei no cofre de um Banco. Mas ninguém da família dele, do Domênico,

podia saber. Aí que deu bode. O juiz do cartório deu ciência à embaixada da Itália no Brasil, com o nome dos familiares, já que todos vocês têm a dupla nacionalidade, brasileira e italiana. Sordi citou os três e Matilde.
Voilà.

A interjeição francesa foi, no *night club*, a última fala do Sordi. A travesti passou a mão no seu queixo, alisou-lhe os cabelos e, para minha surpresa de ex-coroinha da igreja de Itajaí, tascou-lhe um beijo molhado na boca. Aliás, corrigindo, o *voilà* foi a penúltima emissão de voz do Sordi, a última foi amanhã te mando mensagem para novo encontro. Os dois saíram fumaceira adentro.

Minha mãe e os meus tios não contaram a mesma história de como o esboço do quadro chegou ao Sordi, e como ele se tornou depositário de algo tão caro, ele que, pude eu mesmo confirmar, sempre foi visto como uma pessoa desonesta. Mas tudo bem, o relato dele tem lógica. Principalmente após o e-mail do tio Domênico.

12

Fazer um grupo no WhatsApp, Gianfranco, Alberto, Júlio minha mãe e eu. Telefono ao tio Júlio:

Sim, já ia ligar, tio, cheguei há três dias.

Estava preocupado com você, a Matilde não para de me enviar mensagens pedindo para te ajudar, e você nada.

Ela não deu o meu telefone do Rio?

Deu, mas dava sempre fora de área, mas ok, agora você está aqui. E o encontro com o Sordi? Cuidado com ele, é esperto como uma raposa.

Marco um restaurante para o dia seguinte, tio Julio virá com o seu namorado. Troca de mensagens hiperbólicas, excitação, até o sempre pé-no-chão Alberto entra no clima, vamos dividir uma parte, outra vamos dar para causas sociais, discordância de Gianfranco, a gente tem que cuidar porque essas ONGs gastam mais no funcionamento delas próprias do que para o objetivo pretendido, evitar partidos, pondera Júlio, não esquecer da casa nova para a mãe que ela tanto quer.

E o apartamento de frente para o mar em Balneário Camboriú, está lendo, mãe? Uma mansão para você com belo jardim e tudo.

Como estou está bem meus filhos, está bem assim, só se vocês me derem netos, porque até agora nada.

Então aproveito, mãe e envio a todos a notícia: Ana Júlia está grávida. Risos, parabéns, até que enfim, diz Alberto.

Vou rezar aqui para São Judas Tadeu, meus filhos, vou anunciar para o Domênico, por que ele não está no grupo do WhatsApp?

Resolvemos, depois dessa pergunta da minha mãe, três tios e eu, criar grupo no WhatsApp só nós quatro, sem minha mãe. Objetivo não preocupá-la, ela cardíaca.

13

Sol e calor. Tainha frita. Rodízio de camarão. Batata frita gordurosa. A Joaquina cheia. Conversa sobre eleições, Ana Julia indignada. Votam mais contra do que a favor, imagina um bando de cães sendo atiçados, tem que matar, esfolar, trucidar, despedaçar, qual cachorro vai ser escolhido? O que tem jeito de ser mais violento, claro.

Papo que já deu, sempre a mesma coisa, resmunga a namorada do Filipão, cara fera nos estudos, desde o colégio, bonitão, ela bonitona. Vamos tocar as nossas coisas e pronto, cada um faz a sua parte, continua ela, pausadamente, votar em pessoas democráticas, republicano de verdade no caso já está bom, não?

Mas pode acabar se transformando numa esquisse de poder, como numa esquisse de reitor, esquisse de marido, esquisse de esposa, de amante, pondera um colega professor de Joinville.

Amante nos dois gêneros, masculino e feminino, brinca Ana Júlia, sempre ela. Todos riem, a palavra esquisse fez Ana Júlia apertar a minha mão discretamente sob a mesa. A gente só sai desse rame-rame financeiro com herança ou ganhando na bolsa de valores, resmunga o outro amigo, namorado da Fernandinha da área de Letras. O rapaz disse em tom de deboche.

Hesito se devo contar que vou em breve a Nova York justamente atrás de uma herança da família, vergonha? Pudor? Constrangimento? Pelo aperto de mão da Ana Júlia melhor não dizer nada por ora.

Mar lotado de águas-vivas, o namorado da Carolina, de Chapecó, foi queimado por uma, Ana Júlia idem. Volta para o Centro, vista da lagoa da Conceição, serra engarrafada, nos deixam no alto da Felipe Schmidt, o casal Fernanda e companheiro moram na avenida Beira-Mar Norte, Felipão na Trindade, perto da Universidade Federal de Santa Catarina. A nova namorada do Filipão, Lua ou Brisa, um nome desses, que dirige o carro Honda tipo caminhonete, retornará para o Campêche. A frase pronta de todos: não precisava, agora você vai voltar sozinha. Em seguida a associação clássica e batida entre Campeche e Saint Exupéry.

Pois é, ela então detalha, paciente, chegando lá eu pego a avenida Pequeno Príncipe e o cachorrinho mascote da família, um poodle que late sem parar, se chama Zeperri. Gargalhada geral. O que não faz o amor! Ana Júlia já tinha sussurrado a frase no meu ouvido antes numa ida nossa ao banheiro. A impressão é que tanto a Ana Júlia quanto a Fernanda ficaram com ciúmes da Brisa, sim, o nome, me deu um estalo agora, foi a buzina na frente do hotel nova-iorquino, a guria é rica, cara de modelo fotográfico, viajada, o pai tem dinheiro sobrando, ela tem uma obra do Tunga na sala da casa do Campeche, o sacana do Filipão sempre se dá bem em tudo. Eu teria tirado um peso da consciência se tivesse dito naquele domingo de praia que ia enriquecer com uma herança milionária? Deixa de ser cismado, respondeu Ana Júlia.

O porteiro do nosso prédio não estava, a caminhonete Honda já se fora com a galera, fui me irritando, esperamos quase 15 minutos na portaria, ele apareceu, o empurrei, disse uns palavrões, quase ia lhe dando um soco na cara, de repente a escuridão, quadros de Bosch zanzando na minha frente, a imagem do inferno, o tom lúgubre. Acordei com o porteiro me dando um copo de água e passando um lenço molhado na minha testa, Ana Júlia chamando uma ambulância. Não precisa, Ana Júlia, anula, já estou bem. A frase terrível dela: ok, Luigi, mas você tem que voltar ao psiquiatra, não pode interromper o remédio assim. À noite vimos O *som ao redor*, do Kleber Mendonça Filho. Depois Ana Júlia falou em romper o quebranto, prometeu que eu ia melhorar.

Ana Júlia já me levara a um terreiro, numa rua perto da Agronômica, para ver se ajudava minhas ansiedades. Ela, apesar de luterana, tem, escondida, uma quedinha por religiões de matriz africana. Incorporando Xangô durante uma possessão, eu seria um arquétipo de Deus, sairia fogo de minha boca, os adversários fugiriam, virava mágico, poderoso. A experiência me deixou sem dormir, mas senti grande alívio durante o rito, isso é verdade. Ana Júlia, naquela noite em casa, noite de juras de amor, de me explicar mil vezes que amor é superar dificuldades, concepções às vezes piegas saindo da sua boa, me ajudou muito, como sempre. Discutimos sincretismo religioso até altas horas.

É o Brasil, Luigi.

Eu sei.

Ana Júlia, depois, confessou que se emociona e se excita ao ser ver como uma Lorelei em meio africano. Mais tarde me perguntei se o que ela busca não é pura e simplesmente sexo naquelas noitadas ao som de instrumentos de percussão e goles de cachaça, não sei se posso confiar, vejo nela, se alternando, traços diabólicos e angelicais.

14

Abro a janela, clareando, pássaros querem entrar no quarto, a cabeça dói, como sempre, o Bourbon a seco dá ressaca? Existem pássaros em Nova York? Sinto bicadas no rosto. Molho a cabeça na pia, algum conforto, volto à janela, as bicadas continuam, querem me furar os olhos, o que botaram na minha bebida ontem? Não ouso enviar mensagem para o Brasil, vão se preocupar, mais tarde tem o jantar com o tio Júlio, volto para a cama, de novo os pássaros, só que agora centenas, como no filme de Hitchcock, o vizinho bate na parede do quarto, para de fazer barulho senão chamo a polícia, traduzi assim a ordem masculina, e o inevitável *fuck you*. Escrevo no celular histórias falsas misturadas com reais, como um diário, depois, talvez envie para a Ana Júlia, descrevo a maneira de abordagem do Sordi, vulgar, falso, e eu? Falo a verdade de mim para mim? Blefo, enrolo, tenho inveja dos que fazem mais sucesso que eu, é a culpa cristã mal resolvida, me dizia Adriana, a gaúcha que me deixou por um carioca conquistador falso intelectual. Como enrolador vi facilmente, na ocasião, como ele enrolava as pessoas. A depressão vai me dominar total hoje, sinto isso, tracei uma vida, desenhei, previ, mas nunca logrei êxito, para usar um verbo do Filipão, tenho vergonha da minha mistura racial? *Nigger*, assim o racista de chapéu me xingou. Quem foi meu pai? Mamãe nunca disse, de pai desconhecido, esse foi o registro no cartório.

Retomo um conto que escrevi, procuro Cruz e Sousa na memória, ele me sossega um pouco, digo em voz alta o *Emparedado*:

Artista! Pode lá isso ser se tu és d' África, tórrida e bárbara, devorada insaciavelmente pelo deserto, África grotesca e triste, melancólica, sangrando no lodo das Civilizações, onde Deus arrojou toda a peste letal e tenebrosa das maldições eternas!

Acho que me confundi, vozes no corredor do hotel me desconcentraram, mas levanto o sagrado nome da Arte, frase do Cruz e Sousa. Grito com ímpeto: Viva a África. Ouço Viva! São dois vizinhos cubanos do quarto da frente. Me enrodilho na posição fetal, a única que me procura algum descanso. Mas como o juiz ou algo parecido deu um documento de posse para a família se não viu a obra? A pergunta da Ana Julia eu devia ter feito ao Sordi.

São sete horas aqui, e aí Ana Júlia?

Seis. Não tenho certeza de poder segurar a gravidez, o médico está na dúvida, questão de útero problemático etc.

A notícia me aflige, choro, não quero que ela ouça. Fica fria e descansa, querida, vai dar tudo certo. Consigo formular a pergunta sobre a relação entre o Sordi e o Domênico. Não compreendo, acho que eles se desentenderam, ela me explica, é trapaça em cima de trapaça, ou o Sordi não quer devolver para o Domênico agora que deu rolo ou o que está aí é um falso, e estão enganando a gente. Ana Júlia deu a explicação com voz pausada, parecia uma advogada, não jornalista de televisão.

O Filipão veio aqui em casa ontem à noite. O quê, Ana Júlia? Repete. Sim, veio aqui, terminou com a namorada, deu um tempo, como ele diz, muito burguesa e reaça, segundo ele, tomamos um uisquinho e conversamos muito sobre você. Você falou a razão de eu estar em Nova York? Não, disse que era com o seu o grupo de pesquisa do CNPq. E vocês transaram depois? Pô, Luigi, vai começar? Andou relendo Dom Casmurro aí em Nova York, dando uma de Bentinho agora?

Desligo o celular. Ana Júlia está mentindo, sempre teve adoração e atração pelo Filipão, sei até o lugar em que eles se devoraram, no cantinho preferido dela, tem que ser muito cachorra para transar com o meu amigo enquanto eu estou aqui perdido, confuso, sem entender a minha missão. Dizer que não houve nada é fácil, e ela acha que eu acredito? Será que já passaram os tais dois anos de garantia para o amor de que ela tanto fala e ameaça?

Da outra vez foi com o cara da USP. Ela é insaciável.

Fomos só jantar no restaurante italiano da Beira-Mar Norte com fundos para a rua Bocaiúva.

Ah é? Só? E porque o telefone fora da área ou desligado durante as três horas do jantar?

Aquela vez ela chorou, negou, ficou pau da vida, até usou a expressão típica dos primos alemães dela instalados no Ribeirão da Ilha, estou garrando nojo de ti, Luigi. Pois agora eu que garrei nojo de ti, Ana Júlia. Digo a frase para as paredes do hotel americano.

Continuo encucado. Numa ida a São Paulo, vi claramente como ela olhava fixamente para um rapaz jovem, tipo surfista, cabelo oxigenado, no restaurante Carlino, depois de uma visita que fizemos a conhecido professor da Universidade de Campinas, nos Jardins. Em certa hora ela foi ao banheiro, o jovem um minuto depois idem. Ana Júlia voltou com os lábios meio inchados e o batom ligeiramente borrado, pelo menos parecia. Em seguida fui eu. A entrada para os toaletes era comum para homens e mulheres, dentro havia a separação por gênero com um desenho a la Toulouse Lautrec na porta. Os dois ficaram a sós por um momento naquele espaço. Pode ser imaginação minha, fruto dos remédios, não sei, vejo-a como no romance de Stevenson O *Estranho Caso de Dr. Jekyll e Mr. Hyde*. Mas devo ser injusto. Me vejo como o Spencer Tracy no filme do Victor Fleming tirado do livro. E Ana Júlia é mais bonita do que a Ingrid Bergman na tela. Sou um monstro. Ela não pôde ter feito aquilo. Tio Júlio me espera em breve, busco me concentrar para o encontro. Tirar as bobagens da cabeça. Tirar a pedra da loucura da cabeça, como no quadro. Chamo Ana Júlia, ligamos a câmara, ela tem os cabelos molhados, dá interferência, a imagem treme, Ana Júlia treme, reaparece sorridente, tento também sorrir, pedir desculpas, imaginar um altar contemporâneo para ela como os da Adriana Varejão, comprar um quadro da artista no seu aniversário, botar a obra na casa da gente um dia, com as crianças. O visor escurece de súbito.

15

Tio Júlio sempre sóbrio. Acompanhado por um salvadorenho simpático e educado. Ele foi amigo do Hélio Oiticica, conhece de cor os *Parangolés*, escreveu até um livro sobre a obra do Hélio. Pode falar abertamente, Jaimito é meu parceiro e sabe tudo sobre essa nossa questão do Bosch. *Si, si, lo sé todo*, falou o rapaz.

Ok, se ele disse, ok, mas acho temerário, pensei. Não externei o pensamento ao Júlio, mas pensei pra valer. A presença do Jaimito trava a conversa, tudo bem para as perguntas familiares, a observação de que a Matilde desde pequena sempre foi defensora da família como uma tigresa, essas coisas. Concordo. Conto um episódio em que aprontei, estava espiando a mãe de um colega da escola na fechadura, ela tomando banho, a libido do menino esquentando os motores, mas ainda longe. O marido chegou, passou um sabão em mim. A gente te chama aqui em casa para brincar com o Ernestinho e você faz uma coisa dessa, vou falar com a tua mãe. E foi. Mamãe passou um pito no cara. Seu ordinário, e você que fica espiando as empregadas no chuveiro e paquerando as jovenzinhas, estou sabendo de tudo, sei que leva menores para o motel, e vou contar para a tua mulher. Luigi é um santo e se estava olhando pelo buraco da fechadura é por curiosidade, ele pensa fazer engenharia e estudar a fabricação de aços, ferros, fechaduras, canhões e por aí.

Só sei que o velho nunca mais apareceu, em compensação perdi a amizade do Ernestinho para sempre. Soube que ele mora em Miami. Rimos muito da história, Jaimito deu gargalhadas, Júlio apertou-lhe o braço, amorosamente, riam juntos. Durante anos me envergonho daquela cena, eu devia ter nove anos de idade, dei essa precisão final na mesa do restaurante buscando indulgência.

O assunto principal aparece. O *boeuf bourguignon* do restaurante afrancesado custa a passar pela garganta. Não consigo entender direito como o quadro do Bosch veio parar em Nova York e como o Sordi está metido nisso, ronrona Júlio mastigando a carne.

Penso em relatar a versão do Sordi, me calo, espero para ver a opinião.

A única coisa que sei, ele continua, é que dois brigaram, ele e alguém que eu não sei quem é. Mas tenho amigos advogados aqui na ONU, ando me aconselhando com eles, a Matilde é que é contra, não quer briga na família.

Mas para você, Júlio, pergunto, o quadro está onde aqui em Nova York?

Está com o Sordi, ora, não é por isso que você está aqui?

Sim, ok, mas onde ele o teria guardado?

Ah, isso não sei, deve ter posto num Banco. Mas ele não te falou? O que adianta ter vindo aqui?

Sim, ele disse, respondo, mas informa a conta-gotas.

O salvadorenho dá pitaco em português: talvez ele já tenha vendido para algum colecionador. Sinto um arrepio. Claro, de repente vendeu mesmo, como não pensei nisso. Tio Júlio me olha. Olho para ele. Jaimito limpa a boca com o guardanapo enorme do restaurante.

Daí dou a informação, não tem como não dizer: disfarço, como se já tivesse dito há pouco. Pois é, vi a foto, Sordi me mostrou. Viu? Perguntam os dois, sim, como eu disse há pouquinho. Não, você não disse. Eu não disse? Pensei que tivesse dito. Puxa, Luigi, você devia ter me contado imediatamente, mandar mensagem pelo menos.

Mal-estar na mesa.

A conversa flui aos trancos, Jaimito me pergunta outros detalhes, não gosto do jeito de ele perguntar, mais um interessado na herança? Marcamos outro encontro, confirmei que darei detalhes do andamento das conversas com o Sordi. Tio Júlio vai ligar para os irmão Gianfranco e Alberto. Vou ver o que eles acham.

O que o Domênico estava fazendo lá em Santa Catarina quando foi decidido que você é quem deveria vir recuperar o quadro com o Sordi, se Domênico vive em São Paulo e no exterior quase o ano inteiro? A indagação de tio Júlio me soa agressiva e desconfiada. Jaimito pareceu repeti-la com a cabeça e os olhos. Só respondi não sei. Sugerem uma noitada no Blue Note, no Village, aceito prontamente. Amigo jazzista do Jaimito toca lá.

Já no quarto recebo mensagem de Gabriela de São Paulo, ela relembra os nossos passeios na capital paulista, o chá e as discussões literárias na Livraria da Travessa no IMS. Pergunta, diabólica, quando volto à USP para novas palestras, em junho talvez, respondo. Sinto saudades do teu cheiro, ela escreve em letras maiúsculas e vem com o discurso de sempre: Preconceitos e visões moralistas sobre sexo e erotismo são recentes na história da humanidade, a negação perversa dos prazeres do corpo tem o objetivo de sujeitar homens e mulheres a propostas sociais e econômicas. O falso moralismo é o câncer social, lê Gide, explica, expondo as teorias que, segundo ela, elucidam o seu comportamento. Pela veemência e inesperada franqueza em mensagem de WhatsApp me pergunto se ela não está bebendo ou fumando. Disfarço, escrevo que também sinto saudades das nossas conversas literárias e como resposta ela envia uma série de nudes com a pudica recomendação apaga logo, *please*. A lascívia diabólica toma conta do meu corpo, logo o arrependimento, e a raiva por deixar abertos espaços pecaminosos, deus e o diabo estão dentro da gente, explana o sertanejo Riobaldo Tatarana no *Grande Sertão: Veredas*. Guimarães Rosa de uma certa maneira me consola.

16

Encaminho mensagem para a Ana Júlia. Conto do jantar. Amanhã de manhã telefono, te explicarei melhor. Tudo ainda muito confuso. Esqueço o Filipão. Me excedi. Pergunto da gravidez. Mesma coisa, ela responde, nada de novo, tomou o ansiolítico? A comida pesa. Tomo então meu ansiolítico, Ana Júlia marca cerrado. Ouço ruídos. Ruídos da infância. Berros. Culpas, eu sempre desastrado de uma maneira ou de outra, é o que me jogavam na cara. Ninguém me estimula, só puxam para baixo, minha opinião nunca valeu para nada, o cara estuda Humanas e Belas-Artes, mesma coisa que nada, é isso Luigi? Me perguntam na roda de família. Deixa ele. A mama Matilde protege o menininho, mas protege sempre o atacado, não julga nunca, só rebate. Sensação de rejeição forte nesta noite.

O vizinho do quarto ao lado no hotel americano ronca, outro, na outra parede, faz juras de amor em espanhol, exige que a parceira diga que ele é o melhor, em tudo, só ouço ela falar, *si, Anselmo, tienes el más grande*.

Vou pegar no sono? Assisto reportagem no laptop sobre a obra de Vik Muniz, adormeço. Morcegos em voo hesitante abatem colibris, alguns conseguem reagir, o bico comprido atrapalha o morcego em pleno bater de asas, trissam, há também andorinhas? São andorinhas? Um morcego cai destrambelhado, o beija-flor olha altaneiro o inimigo abatido, mas logo é agarrado por pequenas mãos mortíferas, dentes afiados lhe decepam partes do corpo, o bando de seres da noite entra inteiro no meu quarto, levanto, acendo a luz, não os vejo, grito um palavrão pela janela, da calçada uns notívagos respondem, um me manda beijos com a mão espalmada, o vizinho de quarto bate na parede, *stop, nigger,* volto para a cama, tudo gira, enjoos, medos, suores, a impressão de que vou desmaiar. Num canal a cabo está passando *Jules e Jim* legendado em espanhol, deve ser a décima vez que assisto ao genial filme. Uma noite dessas vi outro grande, *Gritos e sussurros,* também com legendas em espanhol. Acordo de manhã com a televisão ligada.

17

Sim, querida, dormi bem, não se preocupe. Acho que têm morcegos na rua, farfalham a noite inteira. Desculpa por outro dia, tá querida? Ok, Luigi, tranquilo. Tio Júlio veio com o namorado, como havia dito, o cara me parece por demais interessado no Bosch, hoje vamos abrir um grupo no WhatsApp, os quatro: eu, Júlio, Gianfranco e Alberto, sem a minha mãe, não pretendemos incomodá-la. Não por iniciativa minha, mas os três querem, disse Júlio. Me pergunto porque eu e não o próprio Júlio para tratar dessa história de quadro, ele já mora em Nova York, seria mais prático e econômico ele negociar com o Sordi.

É que Domênico se opôs formalmente, Luigi, não lembra? E a tua mãe ficou ao lado dele, foi por isso.

O Júlio me perguntou o que o Domênico estava fazendo lá em Santa Catarina aquela vez.

Ele foi visitar a tua mãe, dizem que ele vai doar as terras do Vale para ela.

Quem te disse?

O Aldo, teu irmão.

Não estou sabendo de nada, aliás, Aldo anda sumido. Não respondeu a várias mensagens minhas.

Comigo ele tem falado, Luigi, está meio adoentado, me disse no telefone, pulmão.

Adoentado como, Ana Júlia?

Um tipo diferente de gripe que anda por aí.

Então vou telefonar para ele agora.

Liga sim, ele vai gostar, e estou te mandando um vídeo no teu Gmail da orquestra do Municipal do Rio tocando O *Trenzinho do Caipira*, está sublime.

Ana Júlia relembra que vimos o filme sobre o Villa-Lobos, do Zelito, no Beiramar Shopping de Florianópolis. Ligo o laptop, abro o Gmail, Villa-Lobos me acalma, sempre me acalmou, me visto para sair.

Café da manhã em outro Café, não posso reencontrar o gringo racista de chapéu *cowboy*. Todos mexicanos atrás do balcão, a gente se sente em país hispanófono em plena Nova York, no aparelho de som em alto volume *Clandestino*, do Manu Chao. Café com leite e misto quente. O presidente americano quer mais dinheiro do Congresso para construir o tal muro na fronteira com o México. *Hijo de puta*, alguém grita. A Venezuela vai ser invadida, quem for imigrante ilegal nos Estados Unidos vai ser repatriado para o seu país algemado nos aviões. Ontem um bando de vinte brasileiros foi deportado para o Brasil com os pés e mãos algemados. O clima está ficando pesado para nós.

As frases foram ditas pelo garçom ao meu lado, ele me pergunta se sou mexicano. Não, brasileiro, respondo olhando nos seus olhos. Ele grita para os outros: olha um brazuca aqui. Todos cumprimentam em voz alta. O garçom me informa que não é mexicano, é português, daí a palavra brazuca, morou muito tempo em Cancún trabalhando num clube para ricos frequentado por muitos brasileiros, vive com a comunidade mexicana em Nova York desde que chegou. Conta que o José Padilha, do filme *Tropa de elite*, já tomou cerveja aqui com eles. Um rapaz mais jovem se aproxima, trabalha num antiquário numa transversal da Quinta Avenida, pergunta se tenho algo para vender, me acha com certeza ladrão, não, amigo, não tenho nada para vender, digo a frase de forma ríspida, ele se afasta, uma garrafa de cerveja na mão esquerda. Canhoto como o Filipão. A acidez estomacal volta, cenas de Florianópolis alternam alívio e sofrimento, ciúmes e amores, Ana Júlia está grávida. E agora esse e-mail do tio Domênico.

Viajo, a cabeça viaja, o corpo voa, levito, dou ordens à natureza, os animais da floresta permanecem estáticos, congelados, aguardam minhas diretivas, homens e mulheres se aproximam, ajoelham-se, pedem bênção, só vos resta o inferno, digo com voz rouca. Seus pecadores! Ofenderam a moral e os bons costumes. Ética e retidão, esse é o meu lema. Acordo com o estalo de um copo de cerveja deixado cair pela garçonete. Fiquei fora do ar por quanto tempo? Ana Júlia sempre repete que o meu forte é a ética e a correção, devo me orgulhar. Mando uma frase carinhosa e saudosa a ela pelo WhatsApp.

Viva altercação se dá entre dois homens no Café. Ralei durante mais de cinco anos para me estabelecer corretamente nos Estados Unidos e você agora chega e em três meses já quer enriquecer e sujar o nome de todos os imigrantes mexicanos, tive a proteção de Nossa Senhora de Guadalupe e você é guiado pelo Angelito Negro. Uma xícara de café lambuza o rosto do que se diz protegido por Nossa Senhora, seguem-se socos e pontapés, gritos e urros, louça se quebrando, alguém alerta que a polícia chegará em breve, a lembrança assusta os lutadores, o dito guiado pelo Angelito Negro sai às pressas. Enxugam o rosto do ferido, sopram-lhe palavras carinhosas. Dom Juanito é um apoiador e financiador incansável da comunidade mexicana do bairro, Lucho um asqueroso batedor de carteira no metrô de Nova York. Palavras da garçonete. Melhor caminhar pela cidade, me sugerem, faz bem e desestressa.

18

O vídeo no Facebook pula do celular. Peço um pedaço de pizza no balcão que dá para a rua, acho que Broad Street, só Bancos em volta, temperatura agradável hoje em Nova York. Na calçada, um cover de John Lennon canta Imagine. Uma turma na Praia dos ingleses. Jurerê, balada à noite em Jurerê internacional ao lado. Ana Júlia sempre a mais calada, a jornalista que observa tudo como se fosse fazer uma matéria para o jornal, que busca ouvir os dois lados, as versões, equilibrada. O povão que apoia este governo é o mesmo que apoiava o outro governo, basta ver. Os religiosos, na sua maioria, estavam com o outro Presidente em todas as frentes, o opositor ao atual esteve pessoalmente com o seu líder na casa paulista do industrial mais condenado pela justiça na história do país, quando é de um lado pode, quando é do outro não pode. Claro que exageraram um monte na dose de culpabilidade de uns e de outros, mas é ali, ó, pau a pau, não entro nesse joguinho de nós e eles, os dois lados buscam a polarização, é benéfica para ambos, pode ver por aí, é sempre culpa de tal partido, ou culpa de não sei quem, prefiro ter um olhar crítico aos dois.

Não é porque critico o A que sou favorável ao B e vice-versa, vamos deixar de ser crianças.

Essa é a Ana Júlia, ela é sempre assim nas conversas às vezes duras, decidida. Me lembra a Joana, de *Perto do coração selvagem*, da Clarice. Examino com detalhes o vídeo postado pelo Filipão. É recente, o modelo do Renault Duster é novo, então não é vídeo do ano passado, o corte de cabelo da Ana Cristina, a curitibana, até a semana passada não era esse, me parecia mais longo, ou não? Mariana não tinha o cabelo mais escuro antes? O rabo-de-cavalo do Kléber era mais longo, e que biquíni da Rose é esse? Vem até o umbigo, que eu me lembre costumava usar um biquíni rosa choque minúsculo. Ligo para Ana Júlia. Você esteve em Jurerê esses dias com a galera? A Jurerê rica ou a pobre? Ela brinca. A da gente, pô, não disfarça, foi ou não foi com a galera? Não, desde que você viajou não vi a turma. Tem certeza que não foi a Jurerê? Tenho, Luigi, o que você quer de novo?

Desligo, quero falar mais do quadro, não consigo. Ana Júlia liga de volta, o que foi, caiu, Luigi? É, caiu, respondo. Ela finge não ter ouvido a pergunta sobre Jurerê, fala da conversa com o meu irmão, diz que pensa em mim o tempo todo, que as coisas em relação à herança se resolvam em paz. Será que fiz mesmo a pergunta sobre a ida recente a Jurerê? Ela não pode ser tão teatral assim e fazer de conta que não houve pergunta da minha parte.

Luigi? Luigi?

Oi, oi Ana Júlia, a internet está ruim aqui no hotel nova-iorquino.

Estou vendo. Ligou para o seu irmão?

Liguei, está com vozinha fraca, se diz doente, me alertou que o páreo sobre o quadro do Bosch é de cachorro grande, que tem mentira saindo de tudo que é lado.

Sinto que Ana Júlia mente, dissimula. A Capitu é criancinha de igreja ao lado dela. Essa foto no mural do Filipão não me sai da cabeça. Penso perguntar para ele ou para outros do grupo alguns detalhes, mas é bandeira demais, amplio a foto do mural, examino mais uma vez as pessoas. A Ana Júlia está bem ali, de costas, não reconheço o biquíni, mas acho que é dela, os cabelos com mechas ainda mais loiras que seu cabelo já loiro, se eu não estou na foto é porque foi agora recente. Já aconteceu de a galera ter ido à praia e eu por acaso não?

Penso na possibilidade de eu não estar naquele dia, claro que pode, cada um tem as a suas coisas, quem sabe tive reunião na Faculdade, a foto podia ser de um sábado. A cabeça volta a doer, tenho ânsia de vômito. Aparece mensagem no celular. Sordi. Encontro à vista. Penso dessa vez a lhe fazer perguntas mais objetivas e dizer que quero o quadro imediatamente. A decisão me reconforta. Sim, serei mais duro. Os três tios me cobram contato no Skype, desligo o celular. Procuro filme no laptop, escolho um na Netflix, que sei que não vou conseguir ver até o fim.

19

Volto ao hotel aturdido, tonto, o metrô me enjoou, cheio e fedendo a urina. No quarto verifico os documentos, o dinheiro, passaporte, o mexicano com a cerveja na mão da outra vez me deixou inquieto, um carinha na pizzaria também. Tento ver um filme do Glauber no celular. Envio mensagem para o Sordi. Exijo o quadro hoje, caso contrário vou à polícia e ao consulado italiano e brasileiro. Sordi lê a mensagem, mas não responde. Acha que eu sou otário? Vamos ao depósito juntos. Irei com um advogado americano indicado pelo tio Júlio que mora aqui, já passei o certificado de propriedade emitido pela Itália e pelo Brasil. Sordi só responde OK. Nada mais. Insisto. Onde marcamos o encontro? Sordi demora a responder. Ligo para o número do WhatsApp, fora de área, me desespero, será que ele vai sumir? Alívio uma hora depois. No mesmo café da primeira vez, 13 horas. Ufa.

Chego ao café com a pasta especial para documentos grandes, meio-dia, toca a ópera *Carmen* no alto-falante do café, baixinho, uma voz suave, soprano com certeza jovem, pela voz. Peço o de sempre, ovos fritos com bacon, pergunto se tem feijão branco, tem, é meio pegajoso, com molho de tomate, conheci na Inglaterra, aqui é igual, mas gostoso, penso. Peço à moça simpática para esperar um pouco. Ela devolve um sorriso encantador. Se fosse no Brasil galera já ia dizer que é paquera da parte dela. Ela se volta, calça jeans super apertada, avental curto com o nome do restaurante. Olho em volta, ninguém vendo, dou uma longa mirada, lembra o corpo da Ana Júlia, me preveniram que não se pode olhar a bunda das mulheres assim, dá polícia, que saco esse país, se nem isso pode.

Mensagem do Sordi. Vou me atrasar um pouco. Veio com o advogado daquela bichinha do teu tio Júlio? A pergunta me desconcerta pela homofobia e pela referência ao advogado, o que responder? Eu mesmo falara do advogado, bolo uma resposta, não, ele está no escritório de prontidão, qualquer coisa mando mensagem ou telefono.

Aciono o grupo de irmãos, meus tios, me vanglorio do meu ato decidido, acho que hoje já saio com a esquisse do Bosch nas mãos. É isso aí, Luigi, não dá mole, a frase é do Gianfranco, que pouco falara até agora. Vou te encontrar no final da tarde, então. Frase do Júlio. Mas não descuida um minuto, Sordi é perigoso, conselho do Alberto. Marcam um encontro os três no meu hotel, só devo confirmar para marcarem as passagens, um vem da Europa, o outro da Califórnia. Estamos torcendo todos com carinho e respeito, parabéns. Nem consegui identificar de quem foi a frase. Mas deu força.

Escrevo para Ana Júlia, oba, interjeição dela. Ligo para o meu irmão, não atende, fora de área ou desligado, mando mensagem, o sacana não abre. Telefono para mamãe, não!!!, sério, que maravilha, vou dizer logo para o Domênico. Espera, mãe, espera, não fala nada para ele ainda, o Sordi nem chegou.

Penso até em ligar para o Filipão, lhe dizer que vai entrar uma grana aí, a Ana Júlia vai gostar. O que ele ia pensar?

14 horas e o Sordi nada. Peço que saia a comida, a garçonete faz que sim com a cabeça, cerveja americana, nada do Sordi. 15 horas. Peço um conhaque, diminui a tensão, pinta um pouco de euforia, de qualquer maneira vou tomar os meus remédios mais tarde, até lá já passou o efeito do álcool. 19 horas. Nada.

20

Mensagens enviadas, não lidas pelo Sordi até de madrugada, escrevo um texto pesado numa ida ao banheiro, nada de resposta, de manhã nada, oito horas, nove, dez, zero resposta. Ignoro as mensagens e os telefonemas insistentes dos três tios e da Ana Júlia, para minha surpresa até do meu irmão, o sumido. Envio novo texto agressivo, emprego o vocábulo bandido, finjo que já chamei a polícia, o advogado já entrou com ação na vara criminal. Esse último texto não chegou ao destinatário. No celular apenas uma barrinha, celular fora do universo, parece me dizer. Entro em pânico. Sordi desaparecerá? Morreu? Fugiu?

Envio mensagem e telefono para todo mundo, menos para minha mãe. Que o façam eles. O cara não apareceu, gente, o que posso fazer? Me jogar pela janela do hotel? E o telefone não serve mais para nada. A ligação não completa e as mensagens não chegam. Não, nunca peguei o endereço dele, não me passou pela cabeça, desculpem, imagino a adjetivação, irmão burro, babaca, sempre foi aéreo, olhando para as estrelas, tinha visões na infância, visões para não ir para escola, o vadio, sexualidade ambígua, como é que a gente aceitou que um zero à esquerda desse ficasse como nosso inventariante?

Afasto o pensamento, se eles pensaram não me disseram isso. Devo estar louco, a Ana Júlia é que acabou sendo a mais dura explicitamente. Seu burro, não sei porque eu insisto em ficar com você, tu não serve para nada, e é péssimo amante. Cortei a ligação na cara dela antes do "sua vagabunda". Tomo o remédio, o vagabunda que saiu até me fez bem. Por que ela foi tão grosseira? Só pode ser o Filipão.

Fico desnorteado diante da situação, o que faço? Meu irmão, de costume tão lacônico, foi quem tentou dar algum encaminhamento. Você não conheceu ninguém ligado a ele? Os tios calaram, o que estariam pensando? Que eu roubei o Bosch?

À noite vou até o *night club*, a travesti está lá.

Oi, tudo bem?

Tudo.

O Sordi está por aí?

A pergunta parece não incomodá-la.

Quem?

O cara que cumprimentou a Maristela.

Não sei do que você está falando, senhor brasileiro, o programa é cem dólares, se não quiser não me atrapalha, estou trabalhando.

E a Maristela? Insisto.

Não conheço. Dezenas de pessoas, homens e mulheres, se aproximam de mim aqui toda noite, me pagam um drink e desparecem. Sempre com nomes falsos, faz parte do jogo.

Mas foi há dois dias, você não lembra?

Penso em lhe passar duas notas de cinquenta dólares, mas só trouxe vinte dólares em notas pequenas, ela entende, passa o braço no meu pescoço, acaricia a minhas coxas, retiro educadamente, ela levanta com raiva e vai sentar numa mesa com três rapagões tatuados.

Alguém se aproxima, segura uma garrafa de cerveja na mão esquerda, reconheço na hora o canhoto do café da manhã. A sensação de estar sendo perseguido e vigiado, a mesma que sentia no colégio, que me levava ao choro, ao desespero, cheguei a ser internado, me deram uma injeção para me acalmar, agora sou assaltado pelo mesmo sentimento, o que o mesmo cara está fazendo aqui?

O teu amigo Sordi morreu ontem de pneumonia. Uma gripe estranha que anda por aí, disse o rapaz.

Passei da incredulidade ao sarcasmo.

Ah, tá. Também já sei, e quem é você?

Passei a tremer, a acreditar, segurei o braço do mexicano.

Quando exatamente? Onde? Você conhece o Sordi? Onde é a casa dele? Ele te deixou algum quadro?

21

O quadro é falso, uma falsificação grosseira, nós descobrimos na hora, explica o rapaz. O chão se abre, caio num buraco com vermes, Lúcifer com asas de morcego, pelos como os macacos, um cenário escuro e apavorante, suas três cabeças mostram dentes ávidos por dilacerar corpos, me sinto traidor, me cabe a esfera da Judeca, sou Cassius, sou Brutus, sou Judas, atacado por demônios, sacos enormes com moedas na minha frente, devo empurrá-los até onde? Dante conversa comigo, tusso, me afogo no meu próprio vômito, abro os olhos, estou no chão do *night club*, uma única pessoa tenta me levantar, o *night club* vazio, você Maristela? Te procurei, eu estava aqui, só que lá no interior da casa. Onde estão os outros? Pergunto. Saíram todos, fecharam o *night club*, achavam que você tinha morrido, e não desmaiado, vai dar polícia, preferiram se mandar. Melhor a gente cair fora também, eles vão dizer que você forçou a janela do *night club* já fechado.

Informações pesadas contadas por Maristela, agora no hotel bem mais solta, tomo banho, o vômito se esvai no ralo, ela junto no box fechado, minúsculo, há três desses boxes no banheiro perto da escada. Ela também se sujou ao me levantar, chora, choramos juntos, voltamos enrolados numa só toalha, confessa que trabalhava para o Sordi, e agora morreu, estou sem nada, e o chefe dele no Brasil também foi encontrado morto, quem? Pergunto. O tal do Domênico, o outro meu colega me disse há pouco, morreu não tem nem duas horas. Maristela quer dançar, põe no celular *You are my destiny*, música da época dos seus *abuelitos*, ela explicita. Nos mexemos no quarto transformado em salão de baile, um ligeiro cheiro de vômito persiste, Paul Anka tira sensações bregas da Maristela, diferença sentimental distinta da que vivo no Brasil, algo constrangedor para mim, as sensações dela vêm lá do fundo, *te quiero*, Luigi, *yo también*, Maristela. Não me abandones, por favor, venho de uma favela da cidade do México, não tenho mais ninguém, ok, Maristela, você é o meu destino, Luigi. Dançamos, dançamos, dançamos, devagar, nus, tristes, inquietos, ela é quase da minha altura, a luz em feixes vindo da janela realça a sua beleza latina, deve ter os seus um metro e setenta e cinco, tem força, me aperta, o rosto molhado, não sei se ainda do chuveiro ou de lágrimas. O teto se embaralha, a cama gira, a escrivaninha levita, Maristela diz coisas bonitas no meu ouvido. Quantos anos você tem, Maristela? Faço vinte e dois em dezembro, às vésperas do Natal, e você? Trinta e três. Ela faz a clássica observação a idade de Cristo quando morreu, achei de mau gosto, um odor de morte de repente no quarto. A clara impressão de que o Brasil pouco tem a ver com o resto da América de língua espanhola. Me sinto sul-americano, mas de araque. Porém o jeito cafona dela não me desagrada neste momento de grande depressão.

Não acredito, tudo parece mentira desde o início, tomo os ansiolíticos, dobro a dose, deito, desligo o celular, a cama gira de novo, o mundo gira, a Maristela está emborcada na cama ao meu lado, ronca, o cabelo molhado encharca o travesseiro dela e o meu.

De manhã constato as mensagens desesperadas, minha mãe na chamada de voz, os gritos pela morte do irmão, Ana Júlia desesperada, dá notícias, cacete, liga o celular, já telefonamos aí para o hotel dez vezes, meu irmão inquieto, o grupo de tios entre exasperados pelas notícias desencontradas e em prantos pela morte trágica do irmão. Uma culpa aterrorizante perpassa pelo peito de todos os quatro, choro também, o que está acontecendo? É um delírio coletivo? Maristela pede cinquenta dólares, dou o dinheiro, ela sai como se estivesse sendo afugentada com um chicote.

22

Releio o que acabo de postar no WhatsApp, quis escrever mais ou menos a mesma coisa para todos, me apavoro com o que acabo de ler, as palavras não têm sentido, um vocábulo leva a outro com som parecido mas que não tem nada a ver, a palavra amor desencadeia odor, pavor, ardor, boto a culpa na lógica do celular, escreve de forma automática, ou então as teclas são muito estreitas, errei ao digitar, refaço tudo, reescrevo cuidando com as letras, devagar, mas o sentido dos vocábulos é diferente do que eu queria, palavra errada, reflito, apago, a estrutura do meu pensamento não consegue ser transmitida em palavras escritas, como organizar os sentidos, como se faz mesmo?

Penso em Ana Júlia, tomo dois comprimidos, me acalmo, as palavras retomam aos poucos o seu caminho semântico, logo volto a não compreender o que acabo de redigir, opto por ditados populares, metáforas puídas e usadas, talvez elas encerrem o meu pensamento, me arrependo, são constrangedoras, retomo a escrita, a separação das palavras no final da frase altera o pedaço que vinha depois, vocábulos ilógicos, inexistente ou transformados em outra coisa, interrompo com soluços, o pranto me consome, me esvazia, vomito na pia do quarto, vontade de desistir, mandar tudo para o inferno. Ana Júlia manda mensagem, propõe entrar numa conversa, qualquer hora, via zoom, com a patota de Floripa, recuso a lenga-lenga in limine, o curso de Direito me oferece a locução adverbial latina, repito para ela, in limine, Ana Júlia, in limine, nem vem com essa proposta. Ela insiste, pede para ligar a câmera do meu celular, ela aparece, luminosa, ofuscante, deslumbrante, os plainos verdes-azulados dos mares da ilha de Santa Catarina ao fundo realçam ainda mais o seu rosto, encerro a chamada de vídeo abruptamente, quase mando ela para aquele lugar.

23

Duas informações trágicas em apenas duas horas de intervalo. A esquisse do Bosch é falsa, a verdadeira nunca saiu de Veneza. Tio Domênico foi encontrado morto em um hotel de São Paulo, amarrado a uma cadeira, nu, com uma peruca loira comprida, não sofreu sevícias, segundo a perícia, foi infarto do miocárdio, mas, por estar amarrado, a pista de assassinato explícito é a única, latrocínio ou crime passional, carta gay na mesa. Mas quem o amarrou e por quê?

Tumulto com os três irmãos, sugestões, propostas mirabolantes, e o advogado do Júlio? Teria que ir à polícia, mas daí a obra não sai do território americano nem a pau, para mim foi tudo armação do Domênico, mas alguma coisa saiu errada, analisa Júlio. Crítica dos outros dois irmãos, você não sabe se é isso mesmo, Júlio, e nosso irmão está morto, o mínimo que você pode fazer é pensar e não verbalizar, pelo menos. Respeita os mortos.

Organizamos uma videoconferência os quatro, aparece a cara enorme do Júlio em prantos, Gianfranco e Alberto também choram, eu me mantenho sóbrio agora.

Encontro com o Júlio no segundo andar de um fast--food, fritas e refrigerante, telefonemas sem parar, minha mãe aos prantos, meu irmão gaguejando no telefone, Ana Júlia dando conselhos, ditando regras, ela me enerva quando toma esse tom, primos de segundo grau metendo o bedelho, mensagens de apoio, como a notícia foi se espalhando assim? Tentativa de entender o que se passou, o que se passa, acordo com a pergunta do tio Júlio.

O que foi Luigi?

O quê, tio?

Você começou agorinha a falar coisas sem sentido, brincando com os sons, parecia criança aprendendo as primeiras palavras, vale só o som, teus olhos se reviraram.

Sério, tio? Que coisa, não senti nada, quanto tempo durou?

Alguns segundos apenas.

Desculpa.

Não é para pedir desculpas, é que pensei que você ia ter um treco.

Boto a culpa em Mallarmé, reli no iPad ontem, reli *O Alienista* do Machado, passo a impressão de dominar grandes temas e autores e sossego o Júlio. Mas o que senti não sei, não me lembro de nada.

Pergunto a Ana Júlia se ela pode ir ver a minha mãe na fazenda, ela só responde não tem como, a tua parentada que se vire. Soltei um palavrão, de cachorra para baixo, ela cortou a ligação, estará na cama com o Felipão? Júlio me passa o celular dele.

É Matilde, quer falar contigo.

Oi mãe, também estou muito triste, sim, mãe, não deveríamos ter nos mudado de Itajaí depois da morte do papai, sim, vamos voltar para lá, podemos reaver o apartamento da praça da igreja, sim a praça, ok, mãe, mas a casa da rua de trás foi demolida há muito tempo, mãe, acho que até antes de o pai morrer, por enquanto fica por aí mesmo, cuida das terras, vai passear em Blumenau, o Luizinho te leva de carro, vai comer a torta do Caféhaus de que a senhora tanto gosta, ok, a diabete, mas come outra coisa então, sim, mãe, Deus cuidará do tio Domênico, fica tranquila, também não sabemos, tem que ir a Veneza buscar o quadro original, não mãe, não posso mais ser coroinha na Santíssimo Sacramento de Itajaí, já passei da idade.

Meu irmão, entre uma gaguejada e outra propõe deixar tudo para lá.

A gente nunca ia conseguir o quadro mesmo, era demais para nós, o Bosch é cultuado no mundo inteiro, procurado pelos colecionadores mais ricos do mundo, Luigi, e você achava mesmo que uns merdinhas de Santa Catarina iam botar a mão naquela fortuna, ora, veja, cai na real.

O merdinha sou eu, Aldo?

Não, Luigi, nós todos, você não ouviu que eu disse no plural, merdinhassss?

Aldo sempre puxa para baixo, ainda crianças ele dizia que a vida não tinha sentido, que ele via o meu fracasso lá na frente, que eu nunca seria alguém de verdade, ele confessava que o caso dele era pior ainda, que eu esboçava projetos, esquisses de vida como uma esquisse de quadro. Cai na real, a observação como sempre me abate, me desanima. Aldo, ele sim é um fracassado.

    O processo policial dirá o que aconteceu quando descobrirem quem amarrou o Domênico, não adianta a gente se precipitar agora e cair em depressão. Quem falou em tom pausado no viva-voz foi o Gianfranco. A Suíça lhe deu régua e compasso, pensei. Claro, ele tem razão. Não adianta fazer nada agora. Segundo ele, Domênico organizou tudo. Luigi voltaria com um falso, todo mundo ficaria feliz, só muito tempo depois especialistas iriam dizer que não era o do Bosch, se passariam anos e anos na justiça, é falso, não é, escolhe outro perito, traz técnicos da Itália, dos Estados Unidos e da Holanda. Nesse meio tempo o verdadeiro seria vendido por tio Domênico na Itália a colecionadores que pediriam segredo por dez anos. Vocês se lembram, continuou Gianfranco agora na sala do Skype com os quatro, que sempre nos disseram que a esquisse estava na Itália? Você iria a Itália de qualquer jeito para acertar detalhes no cartório, agora vai para pegar a esquisse, Estados Unidos o cacete, o Domênico é que veio com essa de que uma organização transferira a obra para os Estados Unidos. Para mim quem matou o Domênico foi gente a mando de alguém daí dos Estados Unidos mesmo que se viu enganada por ele, o quadro era falso.

O Sordi estava nessa parada? A minha pergunta saiu ingênua, eu mesmo senti ao fim dela.

Claro, Luigi, tá na cara, não?

Tudo muito estranho. O mexicano canhoto, Maristela, o gringo de chapéu do Café, o vizinho de quarto do hotel, ele teria posto um aparelho de escuta na parede como nos filmes? O gaúcho-baiano do café-corredor? Por que o Sordi marcou lá? Todos me espionando? Saí do pensamento com a pergunta de novo do Júlio, tudo bem, Luigi? Agora você não balbuciou sons, mas saiu do ar por um minuto, você está tomando os remédios? Matilde me recomendou que ficasse atento aos teus gestos e aos teus desmaios, pediu para cuidar de você. Obrigado, tio, Júlio, sabe como é a minha mãe, obrigado.

Na saída um casal de brasileiro pergunta você não é o Sérgio Augusto, de Belo Horizonte? Não, vocês devem estar me confundindo. Desculpe, então. De nada. Me afasto rápido. Existe mesmo este Sérgio Augusto? À noite folheio a biografia da Clarice publicada em inglês, comparo com o que li na biografia brasileira de uma professora da Universidade de São Paulo, coincidências e passagens estranhas. Demônios dos quadros do Bosch convivem comigo em pesadelo, temo ter acordado o vizinho com gritos, personagem metade humano, metade bicho, com cara e asas de demônio estão em pé diante da cama, um sentado na cadeira da escrivaninha do quarto lê trechos das minhas anotações.

24

Do 12 de agosto viemos diretamente te buscar, disse Ana Júlia, a piscina do clube está bombando, estava um sol de rachar, agora é que o tempo fechou.
Por isso ainda de biquíni molhado por baixo, Ana Júlia? A pergunta não a abala.
É, ela responde.
Por que você não veio no seu carro? Insisto.
Porque o do Filipão estava na ruazinha em frente ao clube, colada à Academia Catarinense de Letras.
Onde ele está?
Me deixou aqui no desembarque, fiquei com medo de te deixar esperando Luigi, e foi estacionar, deve chegar logo.
Minha chegada em Florianópolis é assim, triste e escura. Abraço Filipão.
Bacana sair da piscina para vir me buscar.
Tranquilo Luigi, é um prazer, a Ana Júlia me falou mais ou menos dos teus problemas, estamos aqui para isso.
Olho a aeroporto novinho em folha e acrescento:
Legal, né?
Ana Júlia nota a minha curiosidade.
O problema do trânsito quando tem jogo na Ressacada entre Avaí e Figueirense ainda não está totalmente

resolvido. Filipão acrescenta essa observação do estádio da Ressacada. Se não perguntei nada porque me dar essa informação? Pensei, mas não disse. Filipão nota alguma coisa, pergunta está tudo bem, Luigi? Ele está cansado, Ana Júlia responde por mim.

Amanhã vamos dar uma olhada na ponte Hercílio Luz, acabaram as obras afinal, ficou maneira. Não relevo a observação do Filipão sobre a ponte. Ele assobia *Carinhoso*, já cantamos juntos mil vezes, Ana Júlia e eu, essa música. Pixinguinha traz um pouco de paz no carro, mas apenas momentânea. Eles ainda comentam que foram rever *Lavoura Arcaica*, o Luiz Fernando Carvalho transpôs super bem para o cinema o romance do Raduan. Essa última frase foi dita pelo Filipão. Quase pergunto se eles ficaram de mãos dadas no cinema e se beijaram. Me retive.

Ana Júlia me faz carinho na nuca, bola para a frente, Luigi, vai dar tudo certo. Esse tratamento me infantilizando sempre me exasperou, principalmente na frente de estranhos, ainda mais Filipão. Não amola, Ana Júlia, eu disse a frase com tom bastante descontrolado. Permanecemos em silêncio até a Carvoeira. Entramos em casa, despedidas frias ao Filipão. Ana Júlia, não sei bem o porquê, cai no choro, eu desmorono no sofá. Avalio que ela chora porque não fui muito simpático com o Filipão. Não deu outra.

Você foi super frio e mal-educado com o Filipão que perdeu o seu domingo para ir buscar o amigo no aeroporto, ele deve estar chateado.

Ele sabe do tio Domênico?
Sim, eu lhe disse.
E da herança também, Ana Júlia?
Da herança falei só um pouquinho.
Ele que se dane, exclamei.
A minha irritação sai na frase, quis substituir o se dane por uma palavra mais forte, mas avaliei o momento. Ana Júlia se fecha no quarto, deito no sofá, adormeço, lá pelas cinco horas ela sai do quarto cantarolando a sinfonia número quarenta de Mozart, como se nada fosse.

Do chuveiro escapa só um filetinho de água, grito de dentro do box, amanhã vem um cara consertar, ela responde da cozinha.

Lá pelas oito horas nos encontramos com a turma quase toda na *Kibelândia* da rua Victor Meirelles. Mesas na rua de paralelepípedos fechada a essa hora, papo cultural, sobre educação, sobre literatura e sobre política. Me distraio um pouco e esqueço as aventuras rocambolescas dos Estados Unidos, tipo de acontecimento inimaginável para aquelas pessoas e para mim até uma semana atrás. Foi ao MOMA, cara? Pergunta da Catarina, namoradinha da época da Faculdade e hoje jornalista da NSC TV. Minto, digo que foi uma tarde maravilhosa. O MOMA é um espetáculo. Ela me faz outras perguntas. Enrolo. Um outro da mesa, José, o lageano, especialista em elaborar pratos típicos com pinhão da serra no inverno, relembro essa qualidade a ele, me fala de ópera. As falas vão se superpondo umas às outras, as perguntas, o vozerio, os decibéis se elevando com a cerveja correndo solta, as gargalhadas da Ana Júlia, as conversas políticas sobre a derrocada da noção de Estado democrático no mundo, o modelo econômico recessivo imposto à nação em xeque, torcida animada para a construção de novos paradigmas políticos. Falou-se das livrarias fechando, dos artistas, dos jornalistas, dos cientistas e dos intelectuais e professores vistos como seres perigosos. Todos, na mesa, levantam a bandeira de democracia antes de tudo. Alguém trouxe à baila Saramago, *Ensaio sobre a cegueira*, e Carolina Maria de Jesus, *Quarto de Despejo*. Estavam combinando uma ida, todos, a Santo Antônio de Lisboa comer berbigão e ouvir música açoriana, vi que o papo ia longe. Vamos, Ana Júlia? Ela olhou para um lado, para o outro, buscava alguém, não o garçom, pois ele estava servindo mais pastéis de camarão na mesa, procurava talvez o Filipão? Por que será que ele não veio? Ela deve estar pensando. Ana Júlia me olhou como uma cadela chicoteada, como a Maristela, triste, e concordou, vamos sim. Mas senti que ela queria ficar mais.

25

Para Ana Júlia, na conversa já em casa, o tio Domênico integrava uma quadrilha de comerciantes de quadros antigos, a maioria falsos.

O que rola aqui no Brasil é que ele vendeu a esquisse falsa de Nova York para outra quadrilha de mafiosos, foi acerto de contas de gangs. O tal meio parente de vocês de Nova York também foi assassinado. A máfia não perdoa, Luigi. Acho melhor você sair dessa, cara.

Mas agora tenho que ir a Veneza a mando da família, e sou o inventariante, não tem mais como desistir.

Ana Júlia foi a jovem ainda caloura de sempre mais tarde, incorpora um personagem tímido, amor pela primeira vez na vida, geme, suspira, pergunta se a enganei alguma vez em Nova York, juro que não, cresço nessa hora, não pergunto se ela me traiu, claro, não vou dar esse gostinho agora. Vou esperar para ver. Ela depois, exausta, mergulha num livro da Ana Cristina César e adormece com o livro aberto sobre o peito. Custo a pegar no sono, Bosch e Dante me possuem, me vejo no quadro e na narrativa, temo ter pesadelos, gritar, acordar Ana Júlia do seu sono pacífico, como ela consegue? Evito fechar os olhos.

No café da manhã conversamos sobre técnica pictórica, relembro da importância, na história da arte, da pintura, como da religião, para a liberação da racionalidade em benefício do intuitivo, ela concorda, cita pintores brasileiros contemporâneos, vê relação esquizofrênica no mundo atual. Como segmentos religiosos majoritários hoje na nossa política podem ter uma relação de conflito com a arte? A espiritualidade buscada não se assemelha à espiritualidade pretendida pela produção artística? Por que atacam e xingam artistas?

Talvez sejam falsos cristãos, respondo. Essa frase é lembrança de minha mãe ao ver qualquer ato perverso e violento.

São falsos cristãos, Luigi, vem com a mãe. Ligo para ela, o choro é inevitável, machucaram o Domênico, Luiginho, alguém me disse que ele estava amarrado, não mãe, esquece, é falso, ele estava deitado, não acordou, tem certeza, Luigi? Tenho mãe, ele está no céu. Eu sei, meu filho, tenho certeza, e se fizeram algo com ele é porque são falsos cristãos. Desligo.

A Maristela tinha razão na análise, mas não sei se mentia. Domênico, pelo jeito, fazia, sim, parte de uma organização mafiosa envolvida em obras de arte, ele era o chefe. Ana Júlia também interpreta por aí. A análise da Maristela foi ainda mais precisa.

26

Você é casado no Brasil? A pergunta invasiva não deixa espaço. Não, sou solteiríssimo. Mas nem uma namorada? Não, nem namorada.

Maristela parece satisfeita, se transforma em companheira tão dócil quanto fogosa, me ensina coisas que nunca ousei fazer com a Ana Júlia, se vira do avesso, me vira do avesso, me chama de meu amor, meu macho, quero casar contigo, você é o melhor amante que conheci, que provoca prazeres do meu corpo com muita força, com uma intensidade até hoje desconhecida para mim.

Se ela diz a verdade não sei, mas jogo o jogo com prazer. Aproveito para a indagação fundamental: o Sordi estava envolvido na venda do quadro? Sim, estava. Maristela não titubeia. A gente te vigiava, mas era para te proteger, para que ninguém te sequestrasse ou matasse, eu nunca ia imaginar que me apaixonaria pela pessoa a quem devia salvaguardar. Mas quem matou ele, Maristela? Segundo o Jorge mexicano, que você conhece, foi uma quadrilha colombiana de Medellin. Resolveram entrar no ramo das artes além da droga, são pessoas más, compraram o quadro do Bosch e em poucas horas o perito em arte que trabalha clandestinamente para eles, funcionário graduado do MOMA aqui de Nova York, deu o veredito: um falso grosseiramente elaborado. Um brasileiro rico de São Paulo também estava envolvido, mas, segundo o Jorge, já está morto. Você sabe o nome desse brasileiro, Maristela? Não, não sei, mas posso tentar saber com o Jorge.

Ela não se lembra que já me falara do nome do meu tio. Mas busco confirmação, às vezes ouço vozes que não correspondem à realidade.

Maristela liga, *si, no, por supuesto*, ela ri algumas vezes, fala alto, *claro, no es possible, bien, adiós, cariño*. Domênico, esse é o nome do brasileiro milionário, meu amor. Ela deixa escapar que o Pablito na verdade é o Jorge.

Sinto o hotel girar, vozes no corredor, Maristela está no banheiro perto da escada, a informação seca, Domênico, a confirmação me atordoou. Ela volta, pergunta o que foi, surpresa com a minha palidez, nada, nada, querida. Mensagem no celular, Ana Júlia envia beijos e carinhos. Lembrei da mesma palavra da Maristela há pouco, minha mãe reaparece no quarto, fala dos maus cristãos. Se você está com a Maristela porque a Ana Júlia não pode namorar o Filipão escondido? Dou um grito, não, mãe, não, não. Maristela apavorada, o que foi? Por que você chamou a sua mãe? Ela morreu? Pode ser o espírito dela, meu *abuelito* também sempre aparece para mim, vem. O beijo molhado me afoga e me traz a realidade. E o mexicano, Maristela? Ele trabalha para quem? Ele é olheiro, sabe de tudo, é contratado só para olhar e observar. O Sordi ficou devendo trezentos dólares para ele, para mim ainda mais, quatrocentos.

Quando você volta ao Brasil, Luigi? Amanhã à noite. Vai para o Rio de Janeiro? Não, Florianópolis, mais para o sul. Me leva junto? Não posso, Maristela. Ela devia estar acostumada, não insistiu muito. Na saída passo na sua mão cem dólares, queria dar os quatrocentos do Sordi, mas não tinha. Ela olhou meio decepcionada, achou pouco, mas não reclamou. Me deu novo beijo longo e apaixonado. Pensei no Roberto, de Florianópolis, que se apaixonou por uma prostituta numa casa de massagens em Balneário Camboriú. E tinha certeza de que a moça também estava apaixonada por ele. A Prova? A tarifa dela por programa é quinhentos reais, mas para mim ela deixa por duzentos e cinquenta, essa redução no valor não é uma prova de amor, amigo Luigi?

Maristela me telefona meia hora depois propondo um espaço de música brasileira. *Carinhoso* logo de cara, outras ainda do Pixinguinha, Aldir Blanc, Noel Rosa, Cazuza, Cássia Eller, eu me fecho, choro, Maristela canta junto, por que você está chorando? Por nada, Maristela, desculpe. A gente pode pedir músicas ao DJ. Peço *Faroeste caboclo*, Renato Russo, Gonzaguinha *Com a perna no mundo*, me emociono, um outro Brasil, entende Maristela? A gente precisa de um Brasil mais justo e equânime. Peço Gil, Gal, Caetano, Bethânia. Ela me olha confusa e pede música mexicana contemporânea, lembra a lambada do Maranhão ou às vezes o funk do Rio. Não sei se ouço direito.

27

Nova York toda engarrafada. O Presidente está na cidade, falam de uma gripe estranha que pode ganhar o mundo, mensagem presidencial tranquiliza a população. Passo no bar-corredor do gaúcho, pergunto.

Não, aqui não tem ninguém gaúcho.

Mas o rapaz que tomava chimarrão não está?

Ninguém aqui toma chimarrão, em Feira de Santana não tem isso, só baianos trabalham na casa.

Os versinhos escritos na placa na parede sumiram?

Versinhos? Nunca vi.

Sonhei então?

Há um grande cartaz do Projeto Coca-Cola, do Cildo Meireles, pregado na parede. Numa pequena mesa alguém de uniforme de segurança bebe cerveja com a cara grudada no notebook. O rapaz serve duas indianas, olho para elas de perto, elas se ofendem, me lançam palavras como louco, viciado, depravado. Melhor você se retirar, meu chapa, senão dá polícia, recomenda o rapaz do bar.

O conselho do brasileiro atrás do balcão me acordou. O cara de uniforme me olha e fecha o notebook. Caetano canta *Cajuína* no som do café. Me consolei com o fato de que pelo menos os atendentes do bar eram brasileiros, só enlouqueci pela metade.

Hoje à noite viagem para São Paulo e depois Florianópolis. Ligo para o Júlio, abrimos o telefonema para os quatro, todos me tranquilizam, em Veneza você vai achar o quadro, te enviamos o nome do parente e seu contato já está feito. O Domênico deixou no seu laptop. Está tudo lá, o nome do nosso contraparente, o telefone, acho que até o endereço residencial. Mas fica claro na leitura que esse parente de Veneza não tem culpa nenhuma, o Domênico é que queria passar a perna em todo mundo.

Um cartaz colado numa parede na rua, quase ao lado do Café brasileiro, me deu a certeza de que eu estava sendo perseguido e vigiado. Uma exposição de pinturas de Bosch em Nova York. O cartaz reproduzia os painéis *Paraíso e Inferno*, que visitei no Museu do Prado na Espanha. O título, em inglês e em espanhol, remetia às forças do mal e aos demônios. Na parte de baixo do cartaz um sorridente pastor convida as famílias para um culto evangélico numa igreja no Bronx. O diabo dentro de cada um de nós será expulso.

O sorriso no cartaz me é seguramente dirigido, o olhar do pastor também, a mão esticada idem. Entro numa lanchonete e engulo dois comprimidos, um entala, a Coca-Cola ajuda a descer. Mais tarde viajo, não posso esquecer. Júlio telefona, Gianfranco telefona, Alberto telefona, minha mãe telefona, Ana Júlia telefona, um primo de Curitiba telefona, uma tia distante telefona, uma prima de Laguna telefona, um jornalista telefona, até a Maristela telefona. Vou enlouquecer.

28

Tomo um copo de água no banheiro do hotel, estou em Veneza ou Florianópolis? O gesto provoca uma cena apavorante, dezenas, talvez centenas de morcegos invadem a cozinha, o banheiro? Sempre as minhas ideias fixas, tais as referidas por Brás Cubas: *Deus te livre, leitor, de uma ideia fixa; antes um argueiro, uma trave no olho.* As minhas obsessões acho que são os morcegos, os pássaros, a paixão com prazo de validade, a perfídia da razão humana, o Bosch, a ética e a moral tão faladas pela Ana Júlia. Não tenho forças para me desvencilhar da minha inconstância e loucura, talvez o leitor e a leitora o tenham. Estou confuso, fecho a porta, os morcegos trissam, pousam no meu ombro, no meu cabelo, no relógio são seis da manhã, afasto-os com as mãos, pequenas garras me arranham o rosto, um mais afoito me morde o lábio, cuspo, eles fogem, voltam, voos incertos, choro, imploro a Deus, garras vermelhas, como unhas humanas, voltam a me arranhar, tento gritar, não consigo, são ratos, pássaros, vampiros, os demônios do Bosch, as forças do mal pintadas nos seus quadros, são os anjos expulsos do paraíso? Enxotados como seres asquerosos? A primeira nesga de luz trouxe para o quarto uma sabiá da minha infância, ela canta, assobia belicosa, veio me salvar, corajosa, bica furiosamente os morcegos, canta ao mesmo tempo, as notas musicais os desorientam, o som turva-lhes a direção, a sabiá pousa no meu braço, alisa as penas, me olha, bica mortalmente um dos demônios agarrado ao meu peito, manchas escarlates desenham o chão, um dos bichos abraça a ave, tenta arrancar-lhe a cabeça, a sabiá canta com força, o morcego desaba, outro imita o gesto do precedente, um bico amarelo transpassa-lhe o corpo peludo, cai, o meu pássaro salvador continua os gorjeios, cada vez mais alto, a cozinha agora está vazia, quero acariciar aquelas penas salvadoras, ela me olha, trina alto, os ladrilhos das paredes cobertos pela escuridão dos morcegos voltam à luz, a sabiá me olha, não sei se por piedade e compaixão ou alívio, ou afeto, ensaia um voo, hesita, pousa no beiral da janela, volta para perto de mim, canta baixinho agora, como um choro, se empoleira no meu ombro e dali alça voo em direção ao seu mundo.

 Que barulho foi esse, Luigi? O grito de Ana Júlia confirma que estou em Florianópolis. Mas tive a impressão de ao olhar pela janela da cozinha, era cozinha, então, de ter visto grande canal de Veneza e não me lembro de ter visto fogão, geladeira ou pia de cozinha. Nada, Ana Júlia, nada. Foi a minha resposta ao grito da Capitu com cara, hoje, de Madame Bovary.

29

Na outra tarde visitamos uma exposição das pinturas de Martinho de Haro na Fundação Catarinense de Cultura. Damos uma passada na universidade, as férias escolares dão um outro ar ao Campus, reunião rápida no Centro de Comunicação e Expressão. O mesmo pássaro de algumas horas atrás dá um voo rasante na nossa frente na saída, o que é isso? Pergunta Ana Júlia, esquisito, respondo. A sabiá pousou no galho de um jovem pé de Garapuvu. Olhei-a detidamente. Era a mesma?

A pedido de minha mãe, vamos à igreja Nossa Senhora do Desterro na Praça XV, que não via há anos e anos. Rezo diante da enorme escultura em madeira à entrada representando a fuga para o Egito, a virgem Maria, o menino Jesus e José extremamente realistas, mamãe relembrou que já rezamos ali outras vezes pedindo pela nossa família, eu pequeno, que fizesse novas preces agora pedindo proteção a todos. Ela se queixa: sinto o diabo nos espreitando, ele está forte, diz. Senti medo pelo tom choroso e amedrontador da voz de minha mãe. Ana Júlia, de tolerância extrema em tudo, o que em certas vezes me exaspera, não viu problemas em me acompanhar à igreja, ela visita duas vezes por ano a luterana da rua Nereu Ramos em respeito a seus pais, explica. Combino de ir com ela um dia a um desses cultos.

Vamos preparar a tua mala para a viagem a Veneza, meu amor. Vou levar pouca coisa, Ana Júlia, não se preocupe. Noite intensa de amor, prestei atenção para ver se ela pronunciava o nome Filipão, acho que uma vez sim. Ficamos de assistir ao *O grande circo místico*, do Cacá, no dia seguinte, no shopping. Procuramos, no google, poemas do Jorge de Lima, a edição da Aguilar estava emprestada a uma amiga comum da faculdade.

Ana Júlia lia Dante, o livro tronava na mesinha de cabeceira. De manhã a acompanho ao médico, ela tem crise de asma com regularidade. Circulamos pela Praça XV, dia escuro, de tempestade iminente, uma projeção da imagem enorme de Cruz e Sousa no palácio que leva o seu nome. Ana Júlia se surpreende. O dia está escuro, deu para projetar o Cisne Negro, ela explica. Não gosto desse epíteto, me insurjo, tem um quê racista, ela concorda em termos. Sei de cor os versos do poeta: (...) *fui caminhando, caminhando sempre com um nome estranho convulsamente murmurado nos lábios, um nome augusto que eu encontrara não sei em que Mistério, não sei em que prodígios de investigação e de pensamento profundo: o sagrado nome da Arte, virginal e circundada de loureirais e mirtos e palmas verdes e hosanas, por entre constelações.* Ana Júlia bate no meu rosto, acima dela os galhos da figueira centenária da praça, você desmaiou, Luigi, levanta, toma aqui os remédios com o copinho de água mineral. Um mendigo pede dinheiro, a mão estendida.

Volto deprimido, a visão do mar turquesa me carrega para Veneza, me culpo, Ana Júlia me ajuda sempre. Para não me deixar triste não tocou uma vez sequer no aborto involuntário. Sou um monstro, choro, soluço. Tudo bem, Luigi, já passou, você vai ficar bem. Sou um projeto de vida, um derrotado. Que é isso, Luigi? Derrotado nada, você tem passado momentos difíceis, só isso. Penso na Maristela, se eu posso ter casos por aí por que Ana Júlia não poderia? Sabe, querida, você pode ter um caso com o Filipão, não me incomodo. Ela freia o carro, me manda sair, para com essa merda, peço desculpas, não abro a porta, ela arranca com cantada de pneus, já em casa desabo no sofá da sala.

Digo-lhe que sou negro, ela pergunta como assim?

Sim, Ana Júlia.

E daí? Ela responde.

Fui xingado de *nigger* por um americano, aliás, mais de um.

Para mim é até legal, Luigi, se a gente tiver outro bebê, esse não deu, vai sair misturado, adoro a ideia, mas acho que você não viveu os traumas psicológicos vivenciados pelos negros, mas, mesmo assim assumir essa nova identidade acho muito bacana.

A uma pergunta minha, ela responde que foi, sim, uma vez na última semana, com amigos nossos, a um terreiro em Coqueiros. Ia fazer a pergunta de sempre: com quem? Mas me contive. Conseguimos ainda ver na Netflix até às duas da manhã, *Todo sobre mi madre*, do

Almodóvar. Num tom solene, anunciei a Ana Júlia que vou militar no movimento negro no Brasil. Ana Júlia apoia e aplaude, comovida.

O mendigo pedindo dinheiro há pouco sob a galharia da figueira centenária da Praça XV de Floripa, ao lado da Ana Júlia, volta à imagem, remete às más lembranças de uma semana atrás em Nova York, ele me assusta, penso em assalto. A mão estendida, entretanto, deixa claro do que se trata. Algumas moedas e uma nota de um dólar, penso agradá-lo, digo *for you*. Mas a reação é outra. Ele grita *devil, devil, devil*, me aponta o dedo, deixa cair saliva na barba com restos de alimento colados. A Lexington Avenue inteira parece me julgar, me acusar, vão me prender? Fujo a passos rápidos até a esquina de uma rua, acho que a 45, cartaz do Trump no muro, entro num McDonald's, peço uma soda limonada e um pacote pequeno de fritas, que não como, deixo na mesa e desapareço de mim mesmo, nas minhas cavernas fétidas e sombrias, a imagem da barata se arrastando no esgoto me invade os olhos, às vezes tenho nojo de mim.

De manhã, Ana Júlia, sempre com a costumeira e irritante fleuma, me diz no ouvido:

A propósito de ontem à noite na cama e das tuas falas, o meu nome não é Maristela, ok? Tudo bem, mas não me chamo Maristela.

Não conheço nenhuma Maristela, Ana Júlia, não sei do que você está falando.

30

O aceno e o sorriso do Alessandro prenunciam bom relacionamento, a Fenice imponente me alerta sobre a importância da arte para a humanidade. O mundo se abre à minha frente, a sensação constante de derrota é coisa do passado, o parente de longe me promete rapidez, me faz revelações inesperadas com um português truncado, mas correto. Alessandro parece simples, veste-se humildemente, pelo jeito e pelas observações é de pouca cultura, carrega uma pasta surrada de couro.

O teu tio que mandou observar e vigiar de perto o Domênico me contou coisas horrorosas, só soube há poucos dias, ele botou dois policiais aposentados na cola dele, o pen drive aponta tudo, a relação mentirosa e falsa comigo, o meu telefone e endereço, a negociação com um rico colecionador americano.

O depoimento me surpreende, que tio? Pergunto.

O de Genebra, o Gianfranco. Ele me contou tudo, o Domênico estava me enganando, eu ia ser usado como parte integrante do roubo, Domênico me garantiu, e mostrou documentos, que ele era o legítimo proprietário da esquisse do Bosch. Todos os herdeiros concordaram, segundo ele. Claro que acreditei.

Então foram os contratados pelo tio Gianfranco que pegaram o pen drive com todas as informações?
Sim, devem ter sido, Alessandro me responde.
Como Alessandro sabe tanta coisa? Pergunto pelos assassinos do Domênico, ele não vacila.
Uma quadrilha colombiana que andava atrás do quadro foi ao hotel, Domênico já havia passado o pen drive e a história toda, as falcatruas, a mentirada e os golpes criminosos da vida aos dois policiais contratados por vocês.
Corrijo:
Por vocês não. Eu estou sabendo agora.
Alessandro não releva e continua as suas divagações, são divagações?
Domênico, continua ele, teve, diante dos policiais, uma crise de choro, uma crise de angústia, de arrependimento, dizia que estava com dor no peito, deve ter tido um infarto, o celular tocou, ele atendeu, disse que estava passando mal à pessoa que telefonava, era a sua irmã Matilde.
Matilde é minha mãe.
Sua mãe? Claro, não pensei.
Os policiais deixaram o Domênico numa poltrona, chamaram antes a portaria do hotel, logo viria uma ambulância, e saíram com o pen drive. Os sujeitos da Colômbia chegaram em seguida. Gianfranco acha que o interrogaram por pouco tempo pois devem ter ouvido a ambulância e gritos no hotel. Não conseguiram saber

nem levar nada. Segundo consta, estão presos em São Paulo, dois deles, pelo menos. A ramificação criminosa vai até Nova York.

Pergunto como o quadro chegou às mãos dele.

Ah, isso é uma história comprida, no século passado, lá por 1901, um colecionador de uma livraria da Sestiere San Marco vendeu por um precinho de nada a meu bisavô um desenho, quase um rabisco, e esse rabisco foi passando de parente para parente e agora está comigo oficialmente. Nunca ia imaginar que valesse cinquenta mil euros hoje.

Hã?

O meu fonema anasalado surpreende Alessandro. Faço de conta que não entendi, como apenas cinquenta mil euros? Alessandro ergue a pasta da cadeira a seu lado e retira um pedaço de papel antigo, amarelado, com as pontas comidas, rasgado de um lado, e me mostra: a esquisse é esta. Agora é sua.

Nada a ver com a foto mostrada pelo Sordi. Uma escuridão toma conta dos meus olhos, me seguro no espaldar da cadeira, Alessandro me contém, vou cair, um garçom aparece, solícito, me ajuda, tiro o remédio do bolso, eles compreendem, engulo três comprimidos, respiro fundo, a luz volta aos poucos. Alessandro exige que tome uma taça de vinho, é da região de Belluno, uva Molinara, informa, é um santo remédio, tomo o cálice de uma só tragada, melhoro. O esboço do Bosch está na mesa. Me decepciona o tamanho da obra, quarenta centímetros por trinta, esperava um quadro maior, Alessandro marca para o dia seguinte um encontro no cartório para os trâmites finais. E, com o mesmo sorriso e afabilidade com que me recebeu há uma hora, desaparece.

    Um silêncio toma conta do bar, das ruas, das pessoas. Uma cena congelada de um filme policial de quinta, sem som. Nem pasta tenho para levar o quadro, olho para um lado, para o outro, dobro? Não, claro, acabo levando nas mãos mesmo, como se fosse uma simples folha. Como assim cinquenta mil euros? Disseram milhões de dólares. Entro no hotel afobado, sento na cama, primeiro telefonema para a Ana Júlia. Gritos de alegria. Matizo um pouco: mas é super pequeno e feinho. E daí? Ela responde, o que interessa é o valor histórico, artístico e financeiro.

    Abro o chat com os três tios dessa vez no laptop, informo estar com o quadro, falo, para que todos saibam, que o Alessandro me contou coisas de policiais, do tio Domênico, do Gianfranco e dos detetives privados, não achei legal, pensei que o pen drive tivesse sido colhido pela polícia oficial e transmitido à família. Nenhum dos três se abala, nem o próprio Gianfranco? Eles sabiam de tudo? Ligo para a mamãe, ela manifesta grande alegria, mas me parece uma manifestação falsa, forçada. Por quê? Volto a ligar para a Ana Júlia, a única com quem vou falar sobre essa diferença do valor estimado da obra, penso dizer que esqueci de falar com o Alessandro sobre as propriedades no Brasil em troca do quadro, mas desisto, falarei com ela em Florianópolis, e ela também não perguntou, aliás, ninguém perguntou. Por quê?

31

Encontro Alessandro num cartório perto da estação de trem de Veneza. O encontro deveria ser na pizzaria Ai Bastioni, em Noale. Eu me hospedaria no hotel Due Torri, na cidade, Alessandro mora por ali. Ele já reservara tudo. De manhã cedinho escreveu mudando o local. Não levo as xérox das escrituras das terras e dos apartamentos no Brasil, deixo para o próximo encontro, ele também não tocou no assunto ontem no restaurante. Noite mal dormida, e se no cartório perguntassem o valor estimado da obra?

Alessandro estava com a mesma roupa e a mesma pasta. Dezenas de assinaturas. Sem perguntas. O escrivão está acostumado com essas velharias, existem milhares de obras desse tipo vendidas aí pelas ruas e lojas de Veneza. Sim, sim, Alessandro, eu sei, eu mesmo já vi. Convido para um café ou um vinho, mas Alessandro de toda evidência prefere esquecer tudo, para ele nada disso aconteceu. Chegava naquela hora um trem vindo de Roma, já estávamos de pé na frente da estação, a multidão nos abraça, me despeço, assim tão simplesmente, nem acredito, ele me fala de uma gripe estranha que está chegando ao país. Vai haver confinamento, me alerta. É melhor voltar logo ao Brasil. Não toco na questão das certidões, ele teria que ir a Florianópolis assinar. Alessandro parece querer se ver livre do tema Bosch. Por que não exigiu a documentação dos bens no Brasil? O que tio Gianfranco combinou com ele? Ainda no finalzinho do encontro, ele me oferece uma bolsa de supermercado: dentro uma garrafa de *Valpolicella Ripasso*, *classico superiore*, rótulo que leio em voz alta, e um queijo Monte Veronese. Com o presente Alessandro pronuncia *grazie*, baixinho. De que me agradece Alessandro?

Ando até a Galeria dell'Accademia, direto às pinturas de Bosch, o tríptico da *Santa Liberata*, a santa crucificada me apavora, os painéis *Quatro visões da outra vida* remetem para a minha vida, o tema da punição e da recompensa, o pecado e a virtude, o profano e o sagrado, minha vida, por que não disse ao Alessandro que o valor da esquisse talvez seja outro? Me omiti, e por que esqueci de falar das terras e dos apartamentos? Diante do tríptico dos *Santos Eremitas*, com Santo Antônio São Jerônimo e São Giles enxergo o meu colégio onde estudei arte e religião, nas figuras borradas os surrealistas beberam parte do seu estilo, minha vida também é borrada, o real e o imaginário me devoram, me desorientam. Ana Júlia afirma sempre que a minha trajetória é de ética e de correção. Volta a ideia fixa machadiana reforçada pela obsessão no *As Flores do Mal* do Baudelaire.

Sento numa mureta às margens do Grande Canal, vista esplêndida, um barco-ambulância navega em grande velocidade, entro num restaurante vazio a essa hora, peço delicadamente um saca-rolha O garçom, um senegalês, pelo visto o apelido dele no estabelecimento, abre a garrafa do *Valpolicella*. *Grazie, de rien* ele responde. Na lojinha de souvenires vendem copos e talheres de plástico, dois euros, volto à mureta, corto generosos pedaços do Monte Veronese e bebo a garrafa inteira, no final ainda termino o restinho direto no gargalo. O telefone da Ana Júlia continua fora de área ou desligado. Onde ela está? Ligo para minha mãe, fora de área.

Subo a Ponte dell'Accademia, assobio a *Primavera*, de Vivaldi, das *Quatro Estações*, o reflexo do sol na água ofusca, caminho até o Campo Santo Estefano ali perto, sento no degrau do monumento no centro da praça, a cortesia e a reverência do Alessandro no final do nosso encontro me parecem fora de lógica. Mais tarde tomo um café rápido no *Impronta Café* com a professora de História da Arte da Ca' Foscari. A referência a Anita Garibaldi como brasileira da gema, esposa de um sapateiro de Laguna antes do encontro com Giuseppe, não pareceu convencer muito os alunos italianos da minha conferência. A professora ao meu lado, naquela explanação, claro, confirmou, mas, mesmo assim pairou dúvida no ar. Pergunto à colega o que ela acha do comportamento do Alessandro, sem entrar em detalhes. Ela não entendeu, deixei para lá. Tento mais uma vez Ana Júlia e minha mãe. Ainda fora de área ou desligado.

Minha imaginação voa. Sento num banco no Gramercy Park, amigos de grana de Florianópolis me recomendaram a visita do bairro de Nova York, lembra os Jardins de São Paulo em mais rico. O cheiro de grama cortada me traz alívio e sossego, paz. O tempo de criança de minha mãe e de meus tios volta, risos, caminhão de bombeiros, autorama, bandidos e mocinho, posto de gasolina, revólver de espoleta, boneca *Susi*, crush, guaraná caçula e capilé, puxa-puxa, maçã do amor, picolé de groselha, palito premiado da *Kibon*, fotos e lembranças da juventude de minha mãe mostrados por ela com orgulho. Do nosso tempo surgem *Sítio do Pica-Pau Amarelo* reprisado, *Turma da Mônica*, *Chapolin*, *tamagotchi*, *games*, *Street Fighter*, *He-Man*, a *Barbie* trazida pelas vizinhas, os filmes da Disney na TV, *Fantasia* visto dez vezes com o Aldo, idem *Free Willy*. Um guarda aparece, me pede documentos, caí? Gritei? Desmaiei?

Apresento o passaporte, ele balança a cabeça, parece dizer só podia ser, telefona, se afasta com o passaporte, vou gelando aos poucos, volta e devolve friamente o documento.

Alço voo de volta. Continência. *Carabineri*. Solicitação de documentos em Veneza, ele sentiu o hálito do vinho? O policial troca palavras com o seu colega, *pazzo* ou algo assim, louco, olha para mim confirmando a loucura? Não parecem violentos, os dois riem, as águas de Veneza nos acolhem, me entrega o passaporte gritando Neymar, Maracanã, Pelé, Carnaval, *ragazze*, viva o Brasil.

32

O Brasil me espera. Conexão em São Paulo. Avião para Florianópolis atrasado. Tento Ana Júlia, fora de área ou desligado. Sempre. Em contrapartida recebo telefonema do Filipão, por que Filipão?

Pois é, Luigi, só para você saber quando chegar, para ir se organizando, o quadro do Bosch vai direto para o cofre da agência do City Bank.

A esquisse, Filipão, não o quadro.

Sim, ok, a esquisse. A Ana Júlia está internada, pegou um negócio brabo, um vírus que vem da China.

Sim, Filipão, eu sei, já falavam em Nova York, e na Itália também me falaram agora.

A esquisse está bem guardadinha com você?

Está.

Foi de repente, Luigi, ela estava gripada, estávamos discutindo e lendo poesia.

Era Paul Éluard, Breton e Augusto dos Anjos?

Sim, como é que você sabe, ela te contou?

Não, Filipão, intuí.

A ligação em São Paulo cai. Recomeça a conversa.

Mas como ela é asmática, Luigi...

Eu sei que ela é asmática, Filipão.

A gente não sabe bem se é isso, né, Luigi, mas os médicos estão apreensivos.

A escuridão volta. Remédios, a luz retorna, fraca, mas volta.

Luigi? Luigi?

Sim, estou ouvindo.

Os teus tios já estão aqui te esperando, falta só o Gianfranco que chega da Suíça amanhã. Ana Júlia não está podendo receber visitas, nem, por ora, receber telefonemas. Iremos te buscar no aeroporto. Tenho, infelizmente, uma notícia triste, é sobre o teu irmão.

Recuso detalhes, não quero saber, Filipão, não quero saber.

Não ouso dizer ao Filipão que a minha vida mudou de repente, saí vitorioso desta vez, não sei se foi o real ou o fabuloso que venceu, mas volto com a esquisse, e com uma nova identidade. E, espero, volto para a Ana Júlia, Filipão. Essa última frase saiu verbalizada, sim, do outro lado da linha só senti silêncio. Mensagem no celular, Gabriela envia emoji de beijo.

Um rosto idêntico ao do Alessandro em frente ao meu banco de espera no aeroporto de Congonhas me desestabiliza, olho para ele, ele olha para mim, relembro do café com o gringo racista, devo estar sonhando, são só semelhanças, há milhões de descendentes de italianos em São Paulo, o alto falante chama, destrambelhado, voo para Brasília, o homem se levanta, corpo diferente do Alessandro, o do aeroporto bem mais corpulento.

Respiro. Tento ler Marguerite Duras e Caio Fenado Abreu em inglês na edição de bolso comprada em Nova York. Leitura difícil.

Telefono para o Júlio, vou dizer que não lembrei de falar com o Alessandro sobre as escrituras no Brasil, também desisto, melhor discutir pessoalmente em Florianópolis. Mas vou cobrar pela noitada no Blue Note, que não rolou, o que há por trás de tudo isso? Por que nenhum dos herdeiros, inclusive minha mãe, levanta esse assunto da transferência dos bens para o Alessandro? E quem disse ao Alessandro que o valor do quadro era de cinquenta mil euros? Mas a esquisse está salva, é nossa, da nossa família, não há mais discussão. Mando mensagem para os tios, pergunto se estão sabendo algo da minha mãe. Como resposta apenas condolências e palavras reconfortantes pela morte do Aldo e explicações: ele tinha problemas pulmonares, né? E anda um vírus por aí, dizem.

Meu Deus, essa é a minha sina? As janelas do aeroporto de Congonhas me aparecem enodoadas, uma funcionária uniformizada se aproxima com um copo de água, aceito, terei desmaiado na cadeira? Tomo dois comprimidos, melhoro, agradeço, ela me responde em inglês, *you are welcome*. Voltei para Nova York?

O Aldo? Ele não merecia este fim, não merecia. Morreu de problemas respiratórios? Sofreu muito? Meu abraço e meu beijo, meu irmão, sei que a gente sempre se gostou. Qualquer dia desses estamos juntos falando mal um do outro. Vamos pular e dançar de novo em cima das nossas camas do quarto ao som dos Backstreet Boys como a gente fazia quando a mãe saía, lembra? E tinha os olhos grudados na TV RBS vendo *Flipper*, o golfinho? E ouvindo histórias de Monteiro Lobato lidas pela mãe? Lembra?

Você não é o Antônio Carlos de Joinville? A pergunta me desequilibra, tinha levantado um segundo para esticar as pernas. Não, senhora. A senhora deve estar me confundindo. Puxa, igualzinho, desculpe.

Ela quis me ver de perto? Me vigiava? Me confundiu mesmo com esse Antônio Carlos? Sou igualzinho a quem mais? Volto ao meu banco desconcertado.

Voo transferido de Florianópolis para Navegantes, ônibus da própria Latam completará o trajeto até Florianópolis. Ligo para informar, mas a quem? Para Ana Júlia não consigo, minha mãe tampouco, sobra Filipão.

Ok, ok, já tínhamos sidos informados pela companhia, não se preocupe, te esperaremos, Luigi.

Translado para o novo transporte, Clara Nunes e o *Canto das três raças* no rádio do ônibus. Uma senhora idosa pergunta se posso ajudá-la com as bagagens de mão, claro, claro. Ela senta na minha fileira do outro lado do corredor na janela, um rapaz, cerca de cinquenta anos mais jovem que ela, ele uns dezoito anos, ela uns setenta e tanto, senta ao lado e durante todo o trajeto beijam-se sofregamente, lânguidos, seguram certos suspiros, alguns escapam, ela é a mais fogosa. Nabokov me sorri em algum lugar. *Lolita* em um gênero invertido dentro de um ônibus catarinense. *Lolito*. Br-101 engarrafada. Acidente. Já entupida em dias normais. Aldo está na poltrona ao meu lado. Sinto a presença dele. Me emociono. Os beijos e as lambidas do casal pararam por um tempinho, como a examinar o acidente.

A esquisse continua no compartimento acima da nossa cabeça, o ônibus sacoleja, levanto, apalpo a mala de mão. Tudo certo. Não me deixa, Ana Júlia, *please*, não me deixa, me espera.

Composto pela Officio, em FreightText Pro, para a Almedina Brasil.
Sul da Ilha de Santa Catarina, fevereiro de 2023.